備位冥使

見習いグリム・リーパー

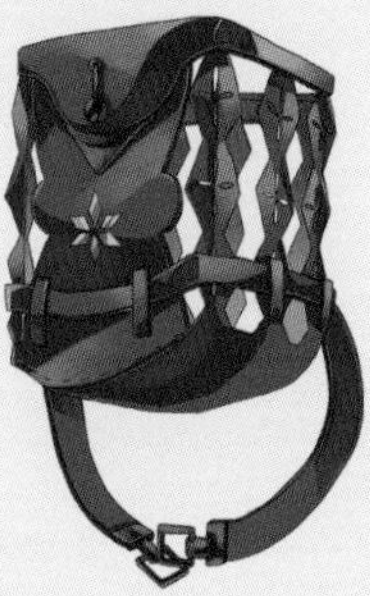

文陸儀

十七歲，淮湘高中學生。

口頭禪 南、南斗……（聲音顫抖）

外表 平常笑以待人，看起來很文靜，又害羞怕生。

裝扮 身穿冥使黑色大衣外套，內襯衣服是紫底白邊的小洋裝，領口也是紫底白邊，腰部有掛一個皮件，召出器具後可以直接將書插上去。

武器 生死簿，左翻封面為白色，代表生，右翻封面為黑色，代表死，這是一本由黑色與白色線條戳揉縫成的線裝書。生簿可以看到想看之人的一生與事蹟以及前生，死簿顯示出死期以及入冥府的賞罰善惡狀況。

備位冥使

見習いグリム・リーパー

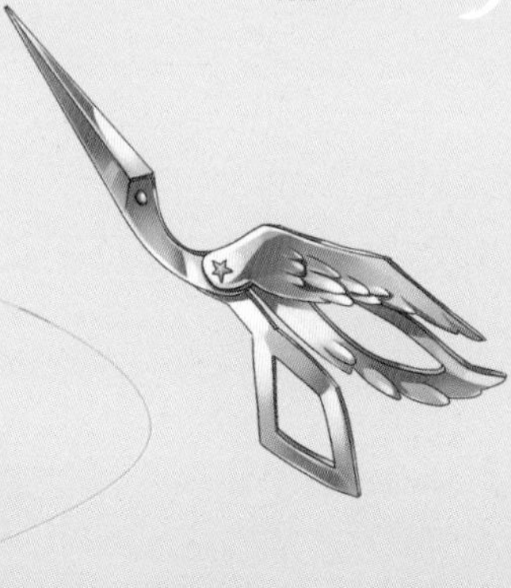

司南斗

十七歲，淮湘高中學生。

口頭禪 哼！

外表 老是頂著一張臭臉，不給別人好臉色看，給人一種很高傲的感覺。

裝扮 有著快長到肩膀的金褐髮，配戴黑框眼鏡，墨綠色長外套，身穿黃底長版休閒服，藍色牛仔褲，手持金色絲線，一端纏在手腕上，一端繞在小小的剪刀型捲線器。

武器 金色絲線（命線）。

三日月

三日月

備位冥使
輕世代
FW04
見習いグリム・リーパー
II 生死重現
DARK櫻薰 著
LASI 繪

備位冥使

楔子・黑繭 …… 7
壹・活著的死人 …… 13
貳・詭異社區 …… 33
參・陰間與冥使 …… 51
肆・衝突 …… 71
伍・蕭分部 …… 87
陸・諮詢者回歸 …… 105
柒・文家冥使 …… 121
捌・生死簿 …… 149
終・未完的任務 …… 177
番外・南斗與北斗 …… 189
後記 …… 199

楔子・黑繭

「一切都是註定。」

「無巧不成書。」

印象中，這是兩名個性截然不同之人很常掛在嘴邊的話語。

「哼，我倒是認為——『事在人為』。」

諷刺的嗓音從喉中溢出，他看著盤踞在一處社區之上的「黑暗」。

深暗如黑幕一般，從高處緩緩下垂，將整個社區籠罩其中。

他微動鼻子，還可以嗅出包裹在其中的腐爛酸臭味，裡面還夾雜著一股細微的清淨氣息。

饒是如此，他也絲毫不在意，僅是冷冷哼了聲，一點也不把那點異常放在心上。

他摸索口袋，拿出一串滿是鏽蝕的鈴鐺。

鈴鐺晃動一下。

「鈴！」

清脆的鈴聲響起，圈在社區的黑暗又暗上一分。

他勾起唇，搖下第二次。

鈴鐺再響，黑暗又更加深沉。

再晃第三下，黑色如大口一般，將社區完全吞沒，沒有一絲光線從內中透出。

「呵。」男子勾起唇，發出滿意笑聲。

隨即他將鈴鐺收起，微仰著頭，用居高臨下的眼神注視著那宛如黑繭一般的社區，他微瞇起眼，偏頭思考，像是有什麼靈感似地，扯動唇角露出一抹怪笑。

他摸索口袋，將鈴鐺重新拿出，手指用力一彈——鈴鐺以拋物線的弧度飛出，撞擊到黑繭，在這瞬間，黑繭內揚出無數條黑色絲線，像是要吃掉似地，將鈴鐺吞入腹中。

男子瞇起雙眼，想要看著鈴鐺的去處，但因為內中深沉不見底的暗，讓他無法用最不被人察覺的方式深入其中觀看，面對這狀態，男子輕輕地揚起一抹笑。

「事在人為，不是嗎？這，只是開始。」

男子冷笑，正當他準備離去時，黑繭內部湧起一道「淨氣」。

這是方才那道低到幾乎無法察覺的清淨氣息，而現在卻猛烈到讓他明確知道——那是「那些傢伙」既有的氣味。

淨氣破繭而出，內中溢出猛烈白光，男子的身影也在這剎那消失殆盡，徒留下空無一人的寂靜夜空。

白光隨著月色的照耀下，撒下點點的細碎白晶，光芒散去，內中顯現出身穿白與綠色相間的便利商店店員制服的少年。

少年頂著一頭俐落金褐短髮，張望附近卻發現自己晚了一步，暗嘖一聲，再將目光移回黑繭上頭。

只見少年瞇起如星辰似的黑眸，注視著包裹社區如沉睡的黑色大繭，少年想了許久，手抵著下巴認真吐出問句：「剛才掉下去的是什麼？」

當他發現自己所在之處發生異狀，留在原地正猶豫自己該不該出去看狀況，卻聽到某物猛地撞擊「外牆」而竄入其中的掉落聲，這才不得不外出查探。

原本這算是個「意外」之地，但卻因為這突發的「人為」事故出現異狀，若是不去查探外面黑手樣貌，回去報告提起這一事，他鐵定會被同伴痛毆一頓。

想到這裡，少年瞇起眼，半掩的眸透出一絲笑意，手摸著下巴說道：「找個人看看這裡好了！」

少年左思右想，輕吹口哨，決定實行自己的計畫。

至於身後的黑繭……

呵，晚點再來看看吧！

壹・活著的死人

他作了一個夢。

那是下沉的夢。

夢裡的世界一片黑暗，無邊無際，摸不到盡頭，他仰著身就這樣不斷地往下墜落，像是折翅的小鳥一樣，無法展開翅膀，往上飛翔。

他感覺不到底，只是不斷地往下，持續不斷地下沉。

深暗中更是有許多無數的手抓著自己，想要把自己往更下面拖去。

明明他處於掉落的狀態，為什麼那些手仍想把自己拉下呢？

抑或是，那些手根本不想要放開他，它們只怕他離開。

所以它們要抓著他——

下沉……

在他沉浸在這墜落的無力感時，猛地，他看到一抹紅色的身影，正面朝他落下，伸手用力掐住他的脖子——

他張起唇，想要掙脫那隻手但聲音依然無法溢出，只見那個人又伸出另一隻手，雙手死死掐著他的脖子，張起唇，吐出無聲的話語……

『不要阻礙我！』

「唔啊！」皇甫洛雲發出瀕死般的尖叫，用力從床上跳起，在這同時他聽到了重物掉落的聲音。

面對這突兀的掉落聲，皇甫洛雲看著因為他驚醒而跌在床和地板上的一些必須要讓腦袋自動打馬賽克的「鬼東西」，雙拳立刻握起，抿緊著唇大喊：

「你們，給我消失——」

皇甫洛雲氣急敗壞地抬手一揮，一把通體全白的鐮刀驀地出現，他反手一抓，抓起鐮刀的長柄，二話不說將那些「馬賽克物」消滅乾淨。

白色鐮刀劃過馬賽克物的瞬間，它們立即變成煙霧，被皇甫洛雲的鐮刀吸收。在這同時，掛在皇甫洛雲的左手上，混雜著黑與濁色以及有透明珠子的手鍊頓時又多了幾分雜色。

皇甫洛雲甩手，白色鐮刀化成碎片散落消失後，下一秒就跪倒在他的床上，唇中也溢出無奈到極點的嗓音：「……別鬧了，已經多久了呀？」

皇甫洛雲感覺自己累得快要掛了，從他加入冥使事務所後沒多久，就被同事連毆嗚強迫開眼——也就是可以讓自己看得到鬼魂，原本他還沒有什麼感覺，但從爺爺頭七結束，他的諮詢好朋友去遠處大學就讀後，方才的狀況幾乎天天上演。

就算他花了三個月的時間，終於把鐮刀練到跟吃飯呼吸一樣，能夠隨手招出鐮刀，但對阿飄們的行動，依然摸不著頭緒。

皇甫洛雲發現，他越是對那些阿飄生氣，它們越是愛找他麻煩，最後就是幾乎照三餐每天來他家「打招呼」。

這讓他不禁懷疑，是他人品有問題，還是阿飄怕他的同學？不然當初劉昶瑾在的時候，為什麼那些阿飄都沒有找他麻煩？

更別說冥使可以隨手將那些幽靈送回地府，雖然他所屬的柳分部部長——柳逢時也有針對那些幽靈，特別提醒他除非有驅除的必要性——也就是怨氣深重，基本上可以把它們當成灰塵那類髒東西，無視帶過就好。

他有問過原因，貌似是什麼下界幽靈太多，沒有大罪的那種可以讓它們到處晃盪，若是人界太乾淨，會滋生一些技術性問題之類的，聽起來當中原因太複雜了，最後他只記得照做就對了。

「唉，不用睡了。」皇甫洛雲看著床頭鬧鐘無奈嘆氣。

時間顯示是早上五點多，而他今天大學課程是滿堂，早上八點的課又是大刀的。

難得今天提早收工回家睡覺呀！

『皇甫小弟呀，祝你「開眼」順利呀，你要習慣不要看到那些幽靈就亂生氣唷！』

想起柳逢時那近乎調侃的話語，剛好窗外又飄來一隻，憤怒抬手將阿飄滅了。

「死阿飄！」

雖然拚命催眠自己不要生氣，但皇甫洛雲一看到阿飄的當下還是立即破功。

五點的早晨是多麼的清新美好，但他的心中卻只有無數個問句——

「到底是怎麼一回事呀！」

有誰可以告訴他有什麼不會被阿飄自動黏上的方法呀！

一邊想著一邊換上T恤，皇甫洛雲將目光移到擱置在床邊的手機，想要伸手拿起，卻又將手抽回。

「算了，先準備出門。」

方。

在以前，皇甫洛雲認為自己看到的世界就是如此，十分正常，沒有什麼不一樣的地方。

小的時候很喜歡聽爺爺說的故事，聽到爺爺說到有關於幽靈鬼怪的怪談時，他只是當一般故事聽聽而已。

而現在不一樣了，當他看清這個世界真正樣貌時，這才知道，以前所看到的世界只是表象而已。

怨氣橫生，明明是個大白天卻可以看到不少怨氣盤附在各處。

第一次遇見時，皇甫洛雲無法不直視那些阿飄，往往因為一個眼神過去，那些阿飄就會知道，方才經過的那個人是可以看到它們的。

當皇甫洛雲發現自己被阿飄跟蹤時，這才知道不能隨便跟阿飄對視。

生者看不到阿飄，唯有有能者才能夠視見；而阿飄一旦和能者接觸，往往又讓它們回憶起心中僅存的「願望」——「願」即為「怨」，孤魂掙扎不入地府，便給人間和地府埋下禍患。

但也有一些孤魂，從死亡的那刻起就不曾忘過那「願望」，直接化為禍亂人間的惡靈。

沒辦法之下，他只能拿出器具，將阿飄的怨氣消除，打入地府。

只是，數次下來，皇甫洛雲自己也會覺得……這是一件很煩人的工作，比方說現在。

「這是怎樣！」皇甫洛雲背著背包，忍住想要飆車闖紅燈的衝動，咬牙吐出惱怒的話語。

混蛋！只是趕個早上八點的課，騎著摩托車也會遇到怨氣！

騎在皇甫洛雲前方之人是一名阿伯，他的身後有一團黑色的突起物，那是代表著——活人生怨。

混蛋！怎麼大白天的也會看到怨？

皇甫洛雲暗嘖一聲，只好加快速度去追前面那輛摩托車，因為他發現阿伯似乎被怨控制，開始胡亂蛇行闖紅燈。

雖然自己這樣跟車，很有可能被警察開單，但人命關天，皇甫洛雲也只能拚了，直接追過去。

皇甫洛雲一邊加速，一邊算距離，只要近到鐮刀能夠搆到阿伯背上的怨氣，他就可以解決那道麻煩怨氣。

他專心一致，左手鬆開機車把手，揚起手，右手用力催動油門，機車向前暴衝，皇甫洛雲趁自己的機車短暫超過阿伯的機車時，左手召出鐮刀，俐落一揮——

阿伯身後的怨氣離體，像是被鐮刀吸引，竄入鐮刀之中，佩戴在皇甫洛雲左手上，混雜黑或透明的戒珠瞬間染上些許的濁色。

怨氣入了戒珠，代表阿伯身上的怨氣順利收入戒珠。

怨氣離身，但阿伯頓時昏迷，連人帶車的一起往前失速暴衝滑行。

皇甫洛雲看著阿伯的機車在車道上滑出一條長長的刮痕，上頭還可以看到一些機車碎片，而阿伯倒在地上一動也不動。

這一幕讓皇甫洛雲傻眼以對。

這怎麼跟之前不一樣？

成為冥使到現在，他自己除怨都沒有問題，為什麼這次會出現狀況？

就算先前連殷鳴和甄宓或許忙到刻意忘記帶他工作，但真遇上狀況時，他們還是會嫌麻煩地出手幫忙，不至於傷到活人。

莫非是先前柳逢時對他說過的另外一種特殊狀況：『活人生怨可大可小，小的隨手除一下，對方也不會感覺到異狀，最多是有那種長年肩頸痠痛突然被推拿師治好的感覺一樣。至於大的，你就想成是要動手術，手術要打麻醉針，手術結束還是昏迷不醒的狀態，要等到麻醉退了才會醒，但手術的經過你一定想不起來，畢竟當時你是睡著的。』

皇甫洛雲忍不住長嘆口氣，看來他遇到了大怨之類的東西？

他可不可以假裝不知道這事，若無其事去上課？想到這裡，皇甫洛雲仰天長嘆——還是決定先叫救護車和警察了。

面對擺明是早上沒燒香導致的怪事，原本皇甫洛雲還以為自己會因為這阿伯而將時間浪費在這地方。

但意外地，對於他去追車導致阿伯摔車一事，不知怎地，那些目擊者們像是記憶被竄改似地，作筆錄時，口徑一致地都說是阿伯自己失速。

雖然不用解釋了，但卻有更多的疑問，皇甫洛雲便決定去醫院探望阿伯一探究竟。但到了急診室問過護士後，他發現那位被怨附身的阿伯竟然死了！

正當皇甫洛雲想要抓著護士繼續追根究柢時，剛好周圍的阿飄們七嘴八舌地聊到了阿伯，讓他省下問人的時間。

『人送來就往生啦！』

『搞不懂條子幹嘛送一個空殼進來。』

『欸欸欸，那個殼子我們還不能進去呢！髒髒——』

『髒髒——』阿飄一二三合聲。

皇甫洛雲瞇起眼，看著那些近乎透明的三隻幽靈，聽著它們閒話家常地說著，便尾隨著幽靈往人群少的地方行進。

『啊啊，那傢伙看得到我們吧？我們被跟蹤了！』

不知道是不是幽靈聊天聊得太開心，沒有注意到身後的皇甫洛雲，當它們其中一隻發現皇甫洛雲一直用眼角的餘光看向它們這才放聲大喊：

『快跑！』

幽靈見狀，正打算逃難時，皇甫洛雲心念一動，立刻喚出鐮刀，用力一劃——將阿飄們的退路封鎖，「等等！」

『冥、冥使呀！』這一次，飄們叫得更大聲了，『救命呀！我不要去地府呀！』

皇甫洛雲聞言，馬上翻白眼。

這些阿飄明明怕冥使，卻又故意攀談，是看他好欺負才故意一直在他的眼前轉嗎？

「我只是有事情要問你們，問完就放你們走。」

『冥使大人您問您問，問完請放小的們走！』

阿飄們聞言，巴不得請這尊大神快快退散，雙眼放亮地看著皇甫洛雲。

「……我想要問你們剛才說的那個是怎麼一回事？」皇甫洛雲無言了一下，假裝沒看到阿飄們的表情，佯裝嚴肅問道。

『那個看起來很新鮮沒錯！』阿飄一號說。

『像是剛死沒多久的皮肉。』阿飄二號接話。

『但骨子裡已經爛光光了。』阿飄三號再說。

『爛光光——』阿飄們合音。

皇甫洛雲單手壓著耳朵，有些受不了地瞟向這三隻阿飄。

「怎麼個爛法？」皇甫洛雲又問。

『嗚嗚，冥使大人那個屍體詐屍呀！』阿飄一號發出哭音道。

『什麼詐屍！他最少死上好幾個禮拜了，說不定有三個月了，還詐屍！』阿飄二號吐槽。

『應該是詐活人？』阿飄三號偏頭說道：『活人太笨了，全部都不知道他死了咩！』

『笨笨——』阿飄們又合音。

面對這三隻一直一搭一唱的阿飄們，皇甫洛雲輕輕地笑出聲來。他開眼後遇上的阿飄不是怨氣重，就是死氣沉沉，這還是第一次見到比活人還有生氣的阿飄。

「你們知道屍體被送去哪裡？」

『知道！』阿飄一號賊笑說道：『他在太平間，冥使大人要去嗎？』

「帶我去吧。」

皇甫洛雲點頭，讓阿飄帶著他去太平間。

「三號，阿伯的屍身就在這裡？」

皇甫洛雲跟著阿飄們來到太平間，面對那三隻阿飄，皇甫洛雲為了方便稱呼，就直接一二三號這樣喊。

『對呀，那個詐活人的屍體就在裡面。』三號抬起透明的手，往太平間裡伸去。

皇甫洛雲轉動左手腕，一柄雪白色的鐮刀驀地浮在他的手中。

他用鐮刀劃破空間穿門而過，看著透出冷風的太平間。

只是這一開，他沒想到裡面居然有人。

先前被皇甫洛雲除怨的阿伯，竟然復活了！

皇甫洛雲露出詫異神情，而阿伯慌張地左右張望，似乎納悶自己為什麼會出現在這地方。

『啊啊！又詐活人了！』阿飄二號放聲尖叫。

『上帝救命！』阿飄一號大叫。

這話讓皇甫洛雲忍不住賞了阿飄一號一記大白眼。

都已經是鬼了，怎麼還會找神求救？

「這裡是什麼地方？你是誰？我又怎麼被關在這裡了？」

阿伯看到站在門口的皇甫洛雲，像是看到救命稻草，面露驚恐問著。那時阿伯只覺得他在冰冷的漆黑盒子之中，他死命地拍打盒子，奮力爬出後，卻發現自己是在醫院的太平間，整個人就變得像現在驚疑不定了。

皇甫洛雲沒有回答阿伯的疑問，瞇起眼打量著他。

阿伯的確是「詐活人」。

明明已經除過怨了，但不知何時，盤附在阿伯身上的怨又重新攀了上去。

這讓皇甫洛雲很困擾，這樣的狀況他還是第一次看到。

饒是如此，皇甫洛雲的左手快速一晃——阿伯身上的怨氣在這瞬間又被割下。除了怨後阿伯雙眼翻白，身體重重倒地。

『啊啊，屍體又倒了！』阿飄一號說。

『這次不會詐活人了吧？』阿飄二號狐疑說道。

「我先看看。」

皇甫洛雲向前，正要碰觸阿伯的身體時，阿伯突然抬起手要抓住皇甫洛雲，襲擊了他。

他來不及防備，被阿伯打個正著，意識朦朧，眼前的世界頓時化成一片黑暗，只來得及瞥見手中的鐮刀發出了淡淡的白光。

他，沉入黑暗之中。

熟悉的感覺溢入心頭，明明他還在工作，為什麼在這節骨眼上，又莫名出現這樣的狀況？

面對這事態，皇甫洛雲只能任他自己看著即將在眼前上演的一切。

黑暗消退，視線清明，他看到自己又依附在爺爺身上，看著爺爺站在一棵大榕樹下，背倚著樹幹，視線向著前方，但卻對自己背後之人說話。

「最近陰曹的人很常上來找我，你知道原因嗎？」

「佛曰，不可說、不可說。」

那是年輕的男人嗓音，爺爺聽到後，忍不住發出噗哧笑聲。

「你可是陰曹的官員，還會說佛語？」

「呵，這句話很好用不是嗎？」

「你特地上來找我，是有什麼原因？」爺爺又問。「還是上面的備位們讓你頭疼？」

「什麼，那些冥使會讓我這麼煩惱嗎？那些也只是候補官員，如果沒有本事，永遠都只是一個備位，我幹嘛擔心？」男子說著說著，長嘆道：「欸，最近陰曹有點亂，以後看到不認識的冥使，都不要理會他們。」

「噯，我是做冥使生意，你這樣會害我賺不了錢吧？」爺爺輕笑，一點也不把這些話放在心上。

「我這是教你自保！」爺爺身後的人吐出無奈的語氣。

皇甫洛雲聽著那兩人的對話，有點一愣一愣的。

上次是爺爺收留「霜」的經過，而現在是要告訴他什麼呢？

「下界發生什麼事了？」爺爺嗅出了不對勁，再接再厲問道。

「……皇甫秋清！你是想要蹚這渾水蹚多深！我可以請你不要管下界官員和人間備位的閒事嗎？他們找上你，也只是利用你卡那下界的位置，你真的以為他們把你當成朋友看待？」

與爺爺談話的人怒了，直接吼出爺爺——皇甫秋清的名字。

「別生氣嘛！目前我還沒有被人利用，你可以放心。另外，誰叫你們一直挖坑讓我跳，我只能多問多了解。」皇甫秋清嘻笑解釋：「你也知道我不喜歡被你們抓著做事，但我想知道的你們也別想瞞我。」

「怕被栽贓？」男子冷哼道，「有誰敢坑你這堂堂的古董店之主，皇甫秋清大人？」

「你囉！」皇甫秋清玩笑說道。

「……聽說下界可能要放出三冥器到人世。」

「喔喔，原來下界想要統一人世了。」皇甫秋清躬身說道。

「最好統一人世、最好你的腦袋都只裝這些亂七八糟的五四三東西——」

那人這回怒到直接衝到皇甫秋清身前，抬起雙手掐著他，似乎是希望可以滅掉皇甫秋清那隻危害人間的腦袋。

「唉唉——城隍別再掐了！」

男子——城隍聽到求饒聲，哼哼唧唧地放手。

「真是的，你不去顧你的孤魂野鬼，跑來掐我這個大活人，小心你的部屬會哭給你看唷！」

「在發生這件事之前，我會先滅掉你這個人間禍害！」城隍怒不可遏地說，「冥器要到人世還不是最近下界混亂，怕有心人搶走冥器？」

「城隍，雖然你在陰曹工作，但你還算是個神，說話不要這麼暴躁，要有風度。」

「什麼見鬼風度，你是要我注意形象吧！」

城隍又是伸手一掐，皇甫秋清想逃都逃不過，還是被掐得唉唉叫：「唉唷！手下留情啊大人！」

「三冥器怎麼要上來？」

等到城隍掐到滿意收手，皇甫秋清這才問正事。

「正確來說只有兩個啦，時間還不一定，估計業鏡和生死簿會到人世。」

「為什麼？」

「誰叫陰曹的冥器持有者快期滿了，需要找繼承人，也剛好讓冥器離開這混亂冥府，送到上面『躲災』去。」

「冥鐮呢？」

「這你就別問了。」城隍嘆氣說道：「不過冥器也不是真的要直接全部上來，這樣陰曹會更加混亂。」

「因為三冥器的功用就是穩固陰曹吧？」

「是呀。」城隍又嘆氣了。

「城隍別亂嘆氣，壽命會減短的。」

「減你的頭，我都是死人了好不好。」城隍賞了皇甫秋清一記眼刀道：「雖然那兩件冥器的持有者快期滿了，但要讓繼承人學會控制也是問題。」

「你們打算怎麼解決？」

「老樣子，製出冥器分體，由持有者交付給繼承人。」

「奸商。」皇甫秋清毫不掩飾地說：「持有分體，也代表繼承人的魂賣給了陰曹吧？等到繼承人壽命結束，持有者就可以跟繼承人無縫接軌，嘖嘖，真不愧是陰曹，這麼陰險的方式我還沒想過呢！」

「陰曹嘛，該說不意外？」城隍笑著說道，「反正三冥器也好好地在下界，人世再怎麼亂，也不會讓陰曹亂到垮臺吧？」

「說得也是。」

話完，皇甫秋清眼簾閉上，皇甫洛雲的視線也被遮蔽住。

什麼是三冥器？什麼是備位？

這次的夢境讓他很意外，因為裡面透出的情報他壓根都不明白。

唯獨其中一項物品——冥鐮，還有「魂賣給了陰曹」這熟悉的關鍵句。

莫非……就是手上這把「霜」？

正當皇甫洛雲努力釐清思緒之際，他「又」看到那抹熟悉的紅色身影。

他下意識地抬起腳步，朝那個人跑去，那個人周圍盡是滿滿的深層黑暗，想要過去必須要劃破那一道道的黑暗。

皇甫洛雲揚起手，呼喊著器具之名——

「冥鐮！」

彷彿用這樣名字叫喚手中鐮刀，會有更多的親切感，冥鐮也泛起呼喚「霜」之名才會溢出的白光，他揮開了那些黑暗，正要朝那個人撲去時，腳底撲了空，狠狠地往下墜落。

周圍的光影出現無數個扭曲軌跡，那個人離他越來越遠從上方看著他掉落，卻沒有伸手抓住他的打算。

等到那個人的身影不再瞧見，瞬間回到了「現實」之中。

『冥使大人？你還好嗎？』

回過神時，阿伯已經倒地不起，耳邊傳來阿飄們的呼喊，而他的左手拿著泛著點點白光的「霜」，掛在左手腕上的戒珠，部分透出漆黑光澤。

這讓皇甫洛雲下意識地數起漆黑戒珠的數量。

在他來到醫院前，黑掉裝滿的戒珠也只有三顆，而現在是六顆。

「感謝你們帶路，你們走吧。」

縱使皇甫洛雲對這突來的發展十分不解，但看那三隻阿飄還在他的周圍亂轉，還是先將這三隻麻煩趕走。

『好的，冥使大人再見！』

阿飄一二三號聞言，有如得到特赦令似地，快速逃離。

既然閒雜幽魂已經離開，皇甫洛雲也該做正事了。

在這之前，皇甫洛雲先打一通電話給同學，佯裝自己身體不舒服，要請病假，請他幫忙在老師那裡美言幾句，今天就這樣放過他。

雖然這通電話過去，他被壓榨了一頓，但想到是為了這件莫名跑出的問題，不做會讓他好奇死，也只能安慰自己這代價算便宜了。

這個起死回生的阿伯實在太古怪了，用「招魂」那招來調查看看好了。對於招魂，連殷鳴先前教過他了，而皇甫洛雲現在必須要靠自己實行儀式。

他抬起左手，手背上的六瓣花印記泛起點點光芒，竄出黑色絲線，皇甫洛雲照著之前連般鳴的動作與順序召喚出阿伯的魂。

「聽得到嗎？」皇甫洛雲第一次嘗試用印記招魂，他無法把握地測試阿伯的反應。

『什麼事？』阿伯的雙眼無神，呆板的回應皇甫洛雲。

「你可以帶我去你家嗎？」

皇甫洛雲不會問阿伯是否知道自己已經死了的白目問題，這幾個月的工作經歷告訴他，若是魂不知自己已死，那麼，他不是住的地方有問題，那就是他周圍的人有鬼。

不管他怎麼算，橫豎都是要去阿伯家，那他還不如直接請阿伯領路。

阿伯先是一愣，後輕輕點頭，表達自己可以帶領皇甫洛雲前往。

皇甫洛雲見狀，鐮刀——或許該叫它「冥鐮」，冥鐮一揮，打開連結陰與陽的道路，他抓著阿伯一起輕盈地跳入陰間路。

只是皇甫洛雲前腳一走，後腳又有人跟著進入。

那是一名身穿黑色風衣的青年，他板著一張臉，看著打開又封閉的陰間路，他的臉色又暗上一分。

「難怪柳要我過來。」青年嫌麻煩地用力咋舌，彎下身，撈起倒在太平間，不知道是屍體還是昏迷的人，離開此地。

進入的人們全都離開，太平間回到原本的安寧之中。只是這刻安寧卻沒有維持很久，下一秒，紅澄澄的大火籠罩整間醫院，火焰宛如業火一般，席捲整棟醫院，人們趕著逃命。

但火焰並不是燒人，而是專門燒魂，逗留在醫院的魂顧不得現在並非晚上，也紛紛慌亂奔逃。火勢凶猛，來不及逃離的鬼魂碰觸到火焰的瞬間，像被燃起的煙花一般，倏地消失。

鬼魂們詫異自己為什麼會被人間大火吞沒，看著平日嘻笑打鬧的幽靈同伴一個個消失，恐懼爬滿了它們的心頭。它們被嚇得身軀變得更加透明，還有些魂的魂體透出深沉的暗色，噴出黑色的怨氣，但那些因為畏懼而滋生的怨氣霎時被火焰焚起，化成一縷縷漆黑的火苗。

火焰毫不留情地將它們全都吞噬殆盡。

『為什麼？』

火焰吃下最後一個魂魄時，它留下了這破碎的話語。

為什麼，為什麼它們還要再死一次？

「人死後成鬼生怨，鬼死後會成為什麼？」

此時，一名男子雙腳踩在空中，驀地浮在醫院附近的大廈頂樓，低頭看著人們急著撲滅這突如其來的惡火。

「放心，這火焰燒不死人。」男子勾唇笑道，「這火是專燒死人，要怪你們收了不該收的人，一切後果你們只能承受，不能問為什麼。」

然後，男子揚手，手邊浮現出許多黑色的結晶。

「人死後成鬼生『怨』……」話語回到最初，男子自問自答，吐出如嗤笑的話語，「鬼死後……成黑暗『深淵』。」

深淵那是絕對的黑暗，無法破解的牢籠。

下界有很多因魂而生成的「深淵」，那是被列為禁止進入的區域，一旦進入其中，無能力抵抗者，只有被吞噬的分。

男子滿意地看著方才業火吞噬之魂而成的深淵結晶，他掂了掂手上的重量，眼中沒有一絲憐憫，不留下任何證據地收回釋放在醫院的業火，揚長離開。

貳・詭異社區

一躍而出，皇甫洛雲和阿伯的魂一起來到一處社區附近，皇甫洛雲張望四周，對於自己出來的地點有些疑慮。「……為什麼沒有進去？」

皇甫洛雲明明將位置設置阿伯指定的地方——阿伯住家，可他沒想到開好路跳去的地方居然是在社區之外的街道上。

由於皇甫洛雲是第一次招魂，深怕阿伯之魂就這樣脫逃，有些緊張地看著阿伯，同時，他也發現阿伯似乎對自己變成幽靈一事一點也不訝異，這是怎麼一回事？

為什麼他使用的效果，跟以前看連殷鳴用的狀況不太一樣！

皇甫洛雲的心中雖然有諸多疑問，他還是拉動控制阿伯的線，對他說道：「進去吧！」

阿伯見皇甫洛雲拉動縛在他心臟與天靈的線條，略微呆板地輕輕點頭。

明明是大白天，這處社區卻透著一絲詭異的氣息。社區高樓林立，皇甫洛雲和阿伯站在社區之外，內中模樣他們都一覽無遺。

這處社區有一半的高樓像是要重新整理外牆似地，鋪滿了鐵架和藍色的遮風布。附近的人行道似乎也在做整修，地面都被挖得坑坑洞洞的，顯然這裡的居民要過一段時間的交通黑暗期。

只是不知道為什麼，這處社區讓皇甫洛雲有一種過度「安靜」的感覺。

有工程，但卻沒有施工的聲音，這處社區像是被人遺棄了一樣，靜悄悄，如死一般的寂靜。

皇甫洛雲下意識地看著手錶，現在也只是早上十一點多左右，照理而言，這裡應該還是可以看到不少外出的居民才對。

「這裡是怎麼一回事？」

皇甫洛雲納悶地問著阿伯，但阿伯卻露出詭異的笑：『沒怎樣呀，只是最近工程多，很多人一大清早都去別的地方避難了，這裡當然看起來很少人呀！』

「你……」

皇甫洛雲感覺到阿伯身上有說不出的異狀，但依照現在狀況，也顧不得阿伯，凝視四方。

人。皇甫洛雲注意的重點在於人，從他進入社區到現在，查探不到裡面的生者氣息，他只能感覺出裡面洋溢的死亡的氛圍。

面對這般「奇特」事態，皇甫洛雲翻動左手，召出冥鐮。

『噯！年輕人你拿出武器做啥！』

阿伯看到皇甫洛雲召出器具，方才顯露的異狀消失，畏懼地向後退好幾步。

皇甫洛雲瞇眼看向阿伯，他揮動冥鐮，唰地一聲——尖端指向阿伯的脖子，厲聲道：「帶路。」

阿伯見到冥鐮，生怕這把大鐮刀就這樣把自己的頭給割了，便安靜照做。

「你先進去。」皇甫洛雲抬起下巴，朝社區點去。

面對受制於人的狀態下，阿伯只好抬起沉重的腳步往前邁進。

只是沒想到，阿伯往社區這一踏，身影卻在這剎那消失得無影無蹤。

「啪滋——」

六瓣花印記牽引的六條絲線在這瞬間斷裂，發出焦黑的痕跡，皇甫洛雲詫異地看著這突然發生的一切，久久難以言語。

「怎麼……」

原本可以看到內部的社區，也在阿伯消失的這一刻顯現異變，眼前的景物被一團漆黑的暗包裹著，裡面無法直接用肉眼辨識。

皇甫洛雲拿起冥鐮，緊張地看著這突然驟變的一切。

這是怎麼一回事？

他不明白，反正課也上不了，也跟同學報備過，既然都來了那就繼續查探吧！

皇甫洛雲緊握著冥鐮，朝黑色的暗揮了一刀，斬出白色的通道，隨即踏入。

一進去，漆黑的社區內部溢滿了像是某物腐朽的惡臭，比餿水還要難聞，皇甫洛雲嗅到的當下，右手掩著唇忍住那嘔吐的慾望。

「唔——」

這裡到底是怎麼一回事？

皇甫洛雲忍住噁心的感覺，揮動鐮刀將內中疑似噁心腐朽的氣味消除，繼續往前走。

當他穿過長長的街道，進入真正屬於社區的位置，氣味頓時消弭，彷彿方才那難聞的味道根本就不存在一樣，消失得無影無蹤。

皇甫洛雲納悶地左右張望，身後的通路依然還在，但他不論自己怎麼想要轉身走回原路，回過神時，他又是站在原地，面向著大樓林立的社區。

「這是怎麼一回事？」

皇甫洛雲懷抱複雜心思往內走，裡面的「異狀」越來越明顯。來到走到社區的活動中心外頭時，人與車潮也浮現出來，原本安靜無聲的街道也出現乒乓的工地吵雜聲。

皇甫洛雲見狀，忍不住揉眼和壓耳朵，懷疑自己的五感是不是出了問題。

「該不會最近髒東西看太多了，所以出現幻覺幻聽？還是我被鬼遮眼？」

應該是鬼遮眼，皇甫洛雲是這樣想的。

社區的人不可能憑空出現，所以他的雙眼被遮蔽的可能性比較高。但唯一讓他在意的，就是無意瞟到自己的左手時，熠熠生輝的樣子讓他有些納悶。

通常印記只會泛出白光，怎麼這回會有這種黑與白色交錯的光彩，只是視線一對上光芒，黑芒消退，變回淡淡白芒。

「好怪……」

皇甫洛雲的記憶沒有出錯的話，花印記好像只會冒白光，為什麼會有黑的跑出來？是功能不同嗎？皇甫洛雲決定改天去問問柳逢時，問問花印記到底還有什麼隱藏功用。

看著往來的人群，看似沒有任何的異狀，卻有著異樣的違和感。

開眼過後，他都一直看到那些不該看的東西，可現在卻什麼都沒有瞧見。

是這裡有寺廟之類的東西嗎？

柳逢時有跟他提過，寺廟有鎮壓妖物的效果，在廟的附近不會看到那些髒東西。

如果有，就不難理解這裡為什麼看不到妖魔鬼怪在這裡出沒。

饒是如此，他心底還是有著些許的不安。

不知道為什麼，越是往前走，卻有更多想要轉身離開的衝動，手上的花印記光芒也越來越強，似乎在警戒些什麼。

但社區裡面的人一直做自己的事，聊天大笑，也有人到便利商店買東西、準備回家、或是處理工地工程，此地一點也不像有什麼大狀況要發生的樣子。

正當他抬手拍打左手花印記，懷疑花印記是不是出了狀況，有人注意到站在活動中心門口的皇甫洛雲，看著他呆呆地站在外面左右張望，似在找什麼東西的模樣，發出噗哧笑聲，但沒有想要上前與他攀談，僅是在旁注視竊笑。

面對這裡異常的氛圍，皇甫洛雲不知道該如何是好。

是因為他手上拿著冥鐮，在外人的眼裡很像演員之類的人嗎？

就算如此，這些人幹嘛一直看著他笑呀！

為什麼他有一種頭皮發麻的感覺？

皇甫洛雲感覺自己像是被一群獅子盯上的幼鹿，讓他頭皮發麻？

他默默的後退，思考該怎麼應對。

這還是他第一次自己面對任務，畢竟先前都有人帶著他去打，從來都沒有讓他落單過，這一回他跟著阿伯的魂一起來到這裡，似乎……有點莽撞？

皇甫洛雲正想要回頭，揮著手中冥鐮思索能不能直接跳陰間路離去，但這瞬間原本打算揮動冥鐮的手僵在半空，沒有放下。

冥鐮還在他的手上，那為什麼那些人都可以看到他？

冥使的花印記發動、以及拿出器具時，就會有莫名的隱身效果，就像先前他與連殷鳴一起擅闖民宅一樣，一般尋常人等皆無法看到冥使。

那些人怎麼可能看到他？

不知怎地，皇甫洛雲想起進入這裡，看不到半隻阿飄的疑惑。

難道，並不是因為這裡有廟之類的存在，而是這些人根本就是阿飄？

瞬間，皇甫洛雲的臉色更加難看了。

那些看著皇甫洛雲竊笑的人察覺到皇甫洛雲那驟變的臉色，原本竊笑的神情也在這瞬間改變，變得十分呆板木訥，毫無任何的生氣。

「鈴！」空靈的鈴鐺聲響起，如漣漪一般迴盪在整個街道與空氣之中，原先在皇甫洛雲眼前的「正常世界」又轉換成瀰漫著深黑霧氣的街區。

他眼前的人們身上繞著一捲捲的煙霧，張起黑白分明，卻看不到生氣的雙眼直視著皇甫洛雲。

皇甫洛雲緊握冥鐮，交叉揮動，拉出清晰的白色刀風，卻偏偏開不了陰間路。

他只好小心戒備周圍，挪動腳步思考脫逃方位，同時也注意到人群中那細微的小缺口，小心緩慢挪動的腳步霎時加快——他跳起，向前奔跑！

「鈴！」鈴鐺聲像是指引，在皇甫洛雲大力動起的瞬間發出宛若警戒的響聲，無分男女老少，全都動了起來。

這些居民有如操線人形，以各種怪異扭曲姿勢爭先恐後地追著他。那些人的動作像是被某物、或是無形的繩線操弄，有些人的頭像是沒有頸骨，頭折到後背去了，還有人拖著折成詭異形狀的腳移動，甚至有人的雙腳明明就沒有移動，卻像是被一股力量往前拖移。

他跑到最後根本就是在逃難！可惡，那些人的速度也太快了，這不科學！

皇甫洛雲咬牙揮著鐮刀，思索自己該怎麼辦。

這時有個意外的想法從腦中閃現——

他摸索口袋，拿出兩張黃色符紙，朝冥鐮貼上，在這同時，符紙泛起黃光，順勢用力一劃——

轉移符咒搭在冥鐮上頭，空間瞬間劃破，他「穿」過那些人，來到了他們的後方。

想法實踐成功，皇甫洛雲壓根不想回頭，立刻快步奔跑。

現在的問題是要思考該怎麼離開這裡，回到柳分部回報，只是他這想法在下一秒卻因為無意中瞟見的事物而澆熄——

他看到那名消失的阿伯。

「阿伯！」

皇甫洛雲霎時停下離去的腳步，直接追了過去。

他看著阿伯往一棟大樓走去，手上拿著一串鑰匙，正要打開大樓的門，皇甫洛雲追上前，抬手要拍著阿伯的肩膀，他卻看到阿伯轉過頭，雙眼直視著他。

那是透著猩紅色彩的雙眼。阿伯勾起唇，露出一抹詭譎笑意，將鑰匙插入門內，用力轉開——

「轟隆」巨響傳開，皇甫洛雲還搞不清楚狀況，他只感覺腳下少了立足感，直直地往下掉。

他想起，下墜的夢。

無邊無際，僅是單純向下，沒有任何畫面的夢。

畏懼感爬滿了心頭，皇甫洛雲張起唇，想大聲的叫喊。

他喊不出聲音，腦袋思緒空白一片，沒辦法塞下任何的東西。

卻感覺到了那抹紅色身影。

感覺到了……什麼？

萌生疑問之際，皇甫洛雲霎時回神，他依然站在原位，沒有下墜，僅是站在原地，他抬起眼，屏氣看視手中的冥鐮。

冥鐮不知何時插上阿伯的心頭，阿伯的身影變得很淡薄，快要與空氣同化，手上的戒珠幾乎快要全都變成了黑色。

阿伯和他四目相對，皇甫洛雲抱歉地將冥鐮收起，但要使用花印記收回冥鐮時，卻發現冥鐮的周圍泛起如薄紗一般的白光，當他想要重新看仔細時，冥鐮霎時收起，光芒也隨之消失。

縱使皇甫洛雲的心底生出一道新的疑問，對於阿伯，他還是認真與他道歉。

「抱歉，我不是故意的。」就算不是活人，也算是攻擊自己的魂，他還是無法照連殷鳴所說的，用什麼看螻蟻的方式面對他們。

『謝謝。』

阿伯沒有正面回應皇甫洛雲這席話，只是露出像是「終於」的鬆懈神情，半透明的身軀在這瞬間化成一片片的白色細芒，消失在他的眼前。

皇甫洛雲看著消失的阿伯，久久無法言語。

死定了，這下「線索」不在了，接下來該怎麼辦？

還是先出去吧。

皇甫洛雲一邊這樣想著，一邊發現，不知何時，那些居民又不見了，周圍瀰漫著那一開始聞到的噁心氣味，周圍的黑暗也深了一層。

今日真的衰運連連，他一整個像是阿伯的冤親債主，宛如籠中鳥一般，不明白自己在這種什麼都不知道的鬼地方要做什麼，他到現在還是一樣困在原地呀！

他抱著死馬當活馬醫的心態回到入口位置，皇甫洛雲看那走上十幾遍依然回到原處的街道，內心頗為複雜。

或許他不是要思考該怎麼「走」出去，而是直接「破壞」這裡，進而離開？

皇甫洛雲想到這裡，揚起冥鐮，正要朝前方虛空揮下時，他的心底揚起一抹奇特的感覺，讓他下意識地往某處看去。

「……」當下，皇甫洛雲默默地放下冥鐮，雙肩重重頹下，內心只有滿滿的無力感。

怎麼他想著要離開時，這裡都會弄出怪事吸引他的注意力？

依照目前事態發展，或許他先離開是明智之舉，但可能會遭遇到柳分部的員工，包含分部長本人的毒舌攻勢，他說什麼也要先過去看看，至少事後回去時，不會被他們調侃到死。

「真的是……」皇甫洛雲自我解嘲地吐了一口長氣，還是順著自己的直覺，往另外一處跑去。

走近一看，一對少年少女出現在他的面前。

少女身穿深藍色的高中制服，皇甫洛雲沒有記錯的話，這附近唯一用「藍色」當成校服的只有附近的明星學校——淮湘高中。

至於少年身穿墨綠色連帽長外套和藍色牛仔褲，從沒有扣上的外套看去，內中是黃底長版休閒服，他有著一頭長到快過肩的金褐色長髮，而他黑框眼鏡底下的雙眸透出的冷逸感，讓他有點想到連殷鳴這個人。但這少年比較不一樣的是，他的眸中透出的信息不只給人輕蔑與高傲的感覺，還給他一種比「生人勿近」還要更嚴重的「管他去死」的疏離感。

但不知怎地，另外一名女學生雖然站在少年的身前，但她卻縮著肩膀，神色有些畏畏縮縮，有想要往回頭，彷彿又怕身後罵人，只好忍住轉頭的衝動。好可憐的樣子，看樣子，這兩人是認識的吧？

皇甫洛雲看著他們，瞧見他們戒備周圍的模樣，似乎不太像是這裡的住戶。

茫茫黑霧之中，當眼前沒有瞧見任何一位「非人」的居民，卻出現一對看似正常的高中生「情侶」，不管皇甫洛雲怎麼看，都覺得這兩人有鬼呀！

正當他在好奇觀察那對高中生時，視線不小心和少年對上眼。

視線交疊的瞬間，皇甫洛雲感覺出那名少年對他輕蔑地不屑冷哼。

男同學走向前，微彎著頭，在前方的女學生耳邊說了一些話，然後，身影瞬間消失。

面對倏地消失的少年，皇甫洛雲起先還懷疑對方是不是阿飄之類的東西，但沒過幾秒，他差點尖叫出聲，因為那名少年下一刻就出現在他的眼前，而少年手上還拿著疑似武器的東西直指著他。

那是綁縛在手上一條條的金色細絲，線的一端繞在小小的剪刀型捲線器，少年拉動線條半瞇著眼，似乎在觀察皇甫洛雲。

「你看得到我？你想幹什麼？」

皇甫洛雲握緊冥鐮，刀尖指向少年。

少年冷眼看著皇甫洛雲持著的白色鐮刀，目光緩緩下移，來到皇甫洛雲的左手。

「六瓣花印記。」輕輕地，少年吐出淡淡的唇音，這話讓皇甫洛雲提起精神來了。

「你是冥使？」皇甫洛雲開心問道。

此話一出，少年眸中透出惱怒神色，冷言道：「你說誰是冥使？」

唰地一聲，纏在少年左手的金色絲線從掌心溢出，朝皇甫洛雲刺去。

皇甫洛雲下意識地抬起持著冥鐮的手，向後一退，冥鐮向前推，少年的絲線繞住鐮刀的刃部，皇甫洛雲抬起左手，抓住冥鐮後方的刀柄，腳步往後挪移，暗自開啟陰間路，隨即再往後跳——

「咦？」

但這一跳，沒有預想的墜落或是新的觸地感，他依然還在原本所站著的地方。

少年抬眼瞟了皇甫洛雲一眼，哼聲道：「想走陰間路？」

「喂，你不是說你不是冥使？如果不是，又怎麼知道陰間路的存在？」皇甫洛雲一臉像是被人敲了一記悶棍似地錯愕，反問道。

同時皇甫洛雲暗自替自己抹把冷汗，他沒想到這次遇到的人這麼難纏，對方還能夠封住陰間路，尤其是對方手中那像是器具的絲線，他感覺這東西有鬼，若是一個不小心他可能會陷入岌岌可危的狀態。

皇甫洛雲想要快點脫離金線掌控，他後退好幾步抬手用力一扯想掙脫金色絲線，但金線堅硬如鋼卻又宛如蠶絲一樣的柔軟，不斷拉長，沒有斷裂還彈了回去，回復成原本把冥鐮纏得死緊的狀態。

——這東西到底是由什麼鬼東西做成的！

皇甫洛雲氣急敗壞地扯動冥鐮，最後還伸手去拉線，想要將它扯掉，但線團依然沒有鬆開。

「沒用的。」少年哼聲道，「『神』的線，『冥使』又怎麼能切斷呢？」

語落同時，少年持線的手往後拉，空著的手抬起，食指與拇指交疊，將手探到唇邊，發出尖銳的哨聲。

遠處的少女聞聲，左右張望，想要朝吹哨的地方跑去，但少女的周圍此時卻憑空冒出很多居民，歪頭拖腳地用古怪的走路姿勢靠近少女。

皇甫洛雲見狀，緊張道：「喂，你的同伴有危險了，你不過去幫忙嗎？」

「那點貨色她可以處理。」少年繼續拉動絲線，和皇甫洛雲的僵局依然進行著。

只是他又扯又拉了數次，皇甫洛雲的白色鐮刀依然一點狀況都沒有，這讓少年的眸中透出些許的困惑。

「你的器具怎麼一點事都沒有？」

「喂，怎麼不是你的線有事！」

皇甫洛雲有些惱怒，怎麼一直都有被對方小覷的感覺。少年眸中的譏諷神色也讓他全身不對勁，只會讓他不只想要反抗，還想要出手打人。

他使出全力，用力拉動鐮刀，打算靠蠻力扯斷少年的絲線。

「霜！」皇甫洛雲氣急敗壞地大喊，霎時手上的白色鐮刀發出細微的白芒，泛出的白芒一點點地侵蝕少年的絲線。

少年見到他的金線被光點侵蝕而逐漸消失，鐮刀上的絲線也快要侵蝕殆盡，他露出罕見的驚愕神色，揚手收線回頭朝後方觀望，少女早已離開她原先所站的地方，而周圍的人也消失不見。

皇甫洛雲見少年的注意力沒有放到他的身上，暗自後退趕緊逃離戰圈。

他可不是呆子，那些居民又出來了，不跑等死嗎？

「喂！我還沒問話你就想走？」少年見皇甫洛雲跑了，立刻追了過去。

皇甫洛雲根本不想管這麼多，少年在動，代表他應該沒辦法立即動手腳，他立刻揮動冥鐮，想要斬出陰間路逃跑，只是他沒想到前面居然有人攔阻。

少女手中捧著一本書，臉上的緊張神色一覽無遺，眼眸輕轉匆匆一瞥，不知怎地，皇甫洛雲覺得少女手中的書很眼熟。

明明是第一次見面，他卻對少女手中的黑白線裝書有莫名的熟悉感，彷彿以前有在哪裡見過一樣。

——不准離開。

少女張唇，雖然聽不到聲音，但看著她的唇形便可以看出她的意思。

然後，少女闔上嘴，抿緊著唇，翻動她手中的書。

在這剎那，皇甫洛雲無法動彈，腳像是生了根，釘在原地。

「回、回到你該去的地方。」少女如是說。

莫名的異樣感再度襲來，皇甫洛雲正要有所動作，地面驀地浮出更多的人，那些人全身纏滿了黑色絲線，圍在他們周圍，少女張起唇，緊張地唇一張一闔，露出想要大叫的神態，似乎對於那些突然冒出的人們感到錯愕。

「糟糕！」皇甫洛雲還來不及反應，被那些身上纏住黑線的人張牙舞爪地包圍住。正當他不知所措時，皇甫洛雲聽到熟悉的槍響。

「砰！」

槍響的同時，周圍的人化成白光消失殆盡。

「菜鳥，還不快點過來！」

還來不及辨認出是什麼人幫助他，下一秒就是自己的後領被人拖住，用力地往後拉。

「連、連殷鳴！」皇甫洛雲看到出手救他之人擺出很想抓狂扁人的表情，立刻嚇得拔高嗓音大喊。

身穿黑色制服，有著一頭黑色短髮的連殷鳴，聽到皇甫洛雲這席話，眸中透出不爽的神色，左手抓住皇甫洛雲朝自己拉近，右手持著的黑槍以迅雷不及掩耳的速度朝皇甫洛雲的額頭抵去。

「嗚。」手持著槍，唇中吐出冷逸的話語，淡漠的黑色雙眸讓皇甫洛雲感覺周圍空氣似乎多了層寒霜，「菜鳥，只有我的敵人才會連名帶姓的叫我的名字。」

皇甫洛雲聞言，用力點頭。依連殷鳴那恐怖氣勢，就算明知眼前這把是支假槍，還是深怕他就這樣乾脆地扣下扳機。

只是連殷鳴說完，就把皇甫洛雲推開，槍口指向後方，先開一槍，再朝天空射去。

皇甫洛雲還搞不清楚連殷鳴為什麼要這麼做，上空出現異狀，黑色的漩渦捲起，連殷鳴二話不說，又揪起皇甫洛雲一起朝漩渦跳去。

當皇甫洛雲被連殷鳴帶著「跳天空」離開時，他下意識想看被留下的那對少年少女，但兩人早已消失無蹤了，只留一股清淨的氣息。轉頭一瞥，卻意外發現看著社區某處的頂樓，那裡有著一道模糊不清的人影，唯一看清的也只有對方身上那抹紅色——他總覺得好像看過，想要追上前，卻被連殷鳴死死抓住，而下一秒，眼前一片黑暗，思緒也沉入黑色的漩渦之中。

參・陰間與冥使

皇甫洛雲回過神，眼簾揮開黑暗，視線重新聚焦，發現他躺在公園的鐵椅上。

公園旁有個燈塔造型的電子鐘，上面會顯示日期時間和即時溫度訊息，方才他睜開眼時，有瞧見上面顯示的時間。

現在的時間是下午。

「下午呀……」

皇甫洛雲幽幽地嘆氣，記得早上要出門上課，遇到阿飄已經能夠冷靜面對，除了那些不長眼故意要朝他撞過去的再動手處理，基本上好像沒有做什麼會讓自己失憶的事才對。

皇甫洛雲認真思考，依然想不出所以然來，忍不住嘆了一口長氣，感覺腦袋有什麼重要的事情要想起，但他卻沒辦法讓自己回憶。

「菜鳥，你嘆什麼氣？還不快點交代剛才的事！」

「連、連殷鳴！」皇甫洛雲聞言，腦袋頓時清明，啥鬼都想起來了。

混蛋！他居然忘記自己方才在工作！

連殷鳴罕見地露出淺淺微笑，但這只有維持不到一秒的時間，下一秒，皇甫洛雲突然感覺天地置換，他被連殷鳴單手壓倒在地上，而連殷鳴左手持槍，槍口抵在他的額上。

「菜鳥，忘記我剛才跟你說的？」

皇甫洛雲用力搖頭又問，「嗚，我沒用通訊符求救，你怎麼來了？」

那張通訊專用的黃色符紙還躺在皇甫洛雲的身上，對於連殷鳴可以正確找出他的方位這一事，有非常大的疑問存在。

「不錯嘛，我還沒提這個，你就先說了。」連殷鳴勾唇吐出聽不清情緒起伏的話語，只是下一句就變了調，「菜鳥，你是不知道危險這兩個字怎麼寫的嗎？」

連殷鳴的槍口依然抵在皇甫洛雲的頭上，面對怒氣滿點的同事，皇甫洛雲就算躺在地上，也要做出投降姿態。

「我、我想說我不去看一下狀況，回去可能會被你們殺呀！」皇甫洛雲情急之下，說出自己的考量。

「不是『可能』，是『一定』。」連殷鳴收起手上的槍，冷然瞥著倒在地上，尚未起來的皇甫洛雲，又道：「柳要我來找你的。」

皇甫洛雲起身苦笑。

看來他貌似被柳逢時「偷窺」了。

「說到這個……我為什麼會在這裡？」

只能說皇甫洛雲哪壺不開提哪壺，這話又讓連殷鳴上火了，槍口又朝皇甫洛雲比去，他立刻向後退數步。

「啊啊，對不起呀！」皇甫洛雲當下立刻下跪道歉。

他說什麼也不要讓那把槍抵在他額頭第三次！

「菜鳥！你到底有沒有骨氣！」連殷鳴氣急敗壞地說道：「你直接跪下來求饒有用嗎？」

「跪地求饒總比一直被開槍好！」

「槍又打不死你。」連殷鳴涼涼地說，「菜鳥你再跪，我可以讓你多體驗戒珠穿體的感覺！」

皇皇甫洛雲聞言，緊張大叫：「好好好，好啦！我知道了這部分我會注意！」

「走了。」

「走去哪？」皇甫洛雲納悶問道。

「回去柳分部。」

「為什麼我總覺得你在迴避我的問題？」皇甫洛雲納悶說道，「你還沒回答我，我為什麼會在這裡。」

連殷鳴重重挑眉，手成刀狀，用力朝他揮去，頓時，皇甫洛雲的意識又陷入一片黑暗之中。

可惡，又來了，他一天到底要昏幾次啦！

不知道過了多久，皇甫洛雲醒來時，他就已經在柳分部裡。

看都不看在旁邊盯著他醒來的連殷鳴，皇甫洛雲習慣性地走到柳逢時的辦公室，看著露出微笑的柳逢時。

「分部長，你不能叫鳴收斂一點嗎？不要再打昏我了！」皇甫洛雲見到柳逢時的第一句話便是忍不住抱怨。

「皇甫小弟，請習慣。鳴他改不了。」饒是如此，柳逢時又笑道：「除非你快點進入狀況，鳴就不會這樣對待你了。」

「分部長！請認真回答，這問題對我來說很重要耶！」不知怎地，皇甫洛雲總覺得他被柳逢時耍了。

「沒辦法，你也知道我們是做地府工作——難道你沒發現，活人怎麼工作？這工作自然是死人才能做。」柳逢時放開雙手，認真說道：「既然是下界的工作，活動的當然是只有你的魂。」

瞬間，皇甫洛雲無言以對。

「我以為你已經發現了，沒想到你居然遲鈍到現在還不知道。」柳逢時揶揄說道，「難怪你敢在太平間這個危險的地方抓著問題魂走陰間路，因為你沒有意識到，身體與魂分離的危險。」

「我不知道。」皇甫洛雲手掌蓋住雙眼，背影多了幾分崩潰的灰暗。

所以這三個月下來，他都是靈魂出竅工作？為什麼他都沒有發現！所以他會出現在公園，就是被連般鳴帶過去的？

想到這裡，皇甫洛雲又有一個問題，「分部長我想要問問，冥使持有器具，器具的使用會影響到冥使嗎？」

雖說冥鐮是害他強制賣魂給分部的器具，但他卻一直問柳逢時有關於冥鐮的問題。那個下墜的夢、爺爺的相關記憶夢，這些與冥鐮的關聯性啪數鐵定有百分之兩萬的超高機率。

「嗯？怎麼會問這個問題呢？」柳逢時笑著回應。

皇甫看著柳逢時，想了很久，只好將那些突如其來的夢境稍微提了一些。

可能是找到了訴說對象，皇甫洛雲一口氣在說那些夢境的不是，卻沒有注意到當他提起爺爺、城隍、三冥器，以及冥鐮時，柳逢時用力挑起眉，陷入沉思。

「……以上就是這樣。」皇甫洛雲說完，發出鬆口氣的呼聲。

「是有點詭異。」柳逢時收起思考神色，笑笑地說，「照道理而言，器具不會對冥使造成影響，如果皇甫小弟你覺得這給你很多的不方便，我可以幫你查查原因。」

「真的嗎？」皇甫洛雲雙眼綻出光芒，感激道：「拜託你了，分部長。」

喔喔，太好了！說不定查到了原因，他也可以趁機提早解約！

「這就交給我吧。」柳逢時勾起唇，露出一抹詭譎的笑，「撇開器具問題，不過有件事我想要讚許你一番。」

「讚許啥？」皇甫洛雲納悶問道。

「呵，就是主動調查案件，精神可嘉呀！皇甫小弟。你的問題問完了，我可以叫鳴進來了吧？」雖是在徵求皇甫洛雲的答應，但柳逢時還是直接出聲叫連殷鳴進入。「鳴！進來吧！」

皇甫洛雲便在毫無心理準備的情況下，看著辦公室大門咿呀打開，而連殷鳴一臉不悅地來到柳逢時的面前。

「分部長！」皇甫洛雲用快掛點的神情對柳逢時投以求救眼神。

天呀！連殷鳴一臉想要宰了他呀！

「皇甫小弟，你太緊張了，你就放寬心，輕鬆一點。」柳逢時安撫完皇甫洛雲，對連殷鳴說：「鳴，你覺得皇甫小弟要再回去一次那個地方嗎？」

「哪個地方？」連殷鳴有點故意地反問。

「就是你揪著皇甫小弟離開的地方。啊，說到這裡——」柳逢時半瞇起眼，眸中笑意更甚，「皇甫小弟，你可以說明一下事情經過嗎？」

「呃，我還需要說嗎？」皇甫洛雲愣了一下，既然柳逢時有暗中觀察他，為什麼不是他跟連殷鳴說明？

「皇甫小弟。」柳逢時粲然一笑道，「就算我上知天文，下知地理，基本上說明的流程也是要說明，這樣說你明白嗎？」

「……明白。」雖然他很想要吐槽柳逢時根本就是個偷窺狂，但看他說的也算是有道理的分上，還是說明原因了，「事情是這樣的……」

皇甫洛雲便將所有經過毫無隱瞞地一五一十道出，包含阿伯之魂回到社區的種種異狀。

「分部長，尤其起死回生的阿伯據說死了很久！」

「死很久了？」柳逢時勾起唇，露出玩味的笑，「有意思。」

皇甫洛雲聞言，立刻翻了翻白眼，一點也不覺得這樣很有趣。

「請繼續，皇甫小弟。」見皇甫洛雲不再說明，柳逢時提醒道。

「好。」皇甫洛雲又繼續說明，「然後我去招阿伯的魂，就來到籠罩黑色的霧、不能離開的社區……」

「這樣可以招到？」這回打斷皇甫洛雲的人是連殷鳴，「死亡多時，魂又被拘在軀體上，雖然怨氣去除而解除『異狀』，但魂不可能這麼快就到地府吧？」

「我想，皇甫小弟應該是在軀體所在之處招魂吧？」柳逢時一臉少見多怪地說：「嗚，大驚小怪是皇甫小弟的專利，怎麼你吃了他的口水，一起驚訝呢？」

面對柳逢時的調侃，連殷鳴立刻對柳逢時投了一記銳利的眼刀。

不知所措的皇甫洛雲只能在旁乾笑。

但柳逢時不管那記眼刀，伸出食指抵著唇，對連殷鳴做出噤聲姿勢，接著就雙手交疊，下巴抵在雙手上，思考著。

「不能離開，黑色的……」唇中吐出思考話語，柳逢時雙眸微瞇，細細咀嚼著皇甫洛雲的報告。

皇甫洛雲看柳逢時難得這麼認真聽他報告，雖然揪甘心，但他還是偏頭想著一件事。

報告裡，他少說一件事。

那是被連殷鳴帶離社區時，看到的模糊身影。

雖然不清楚對方是誰，那時他還來不及叫出聲，在看到那抹身影時，他怎麼會想追上去？

皇甫洛雲眉頭皺起，低頭沉思。

或許他真的要再回去一趟那裡，不然心底一直惦記著這件事，要做其他事都沒辦法做。

「分部長，需要我回去調查嗎？」皇甫洛雲主動問道。

「調查是一定的。」柳逢時嘆氣道，「資訊太少，沒辦法譜出詳細情報，可有趣了。」

前一秒是嘆息，下一秒卻揚起唇角，那抹淺笑，一點也不像是為了問題而頭疼。

「那我先去調……啊，等等，我今天的課都毀了……」皇甫洛雲發出哀號聲。

大刀老師的課呀！死定了，只要被記一次曠課點數，他就永遠都不用去上課啦！

「這點小事不需要擔心。」柳逢時說。

「……分部長，我還只是學生。」皇甫洛雲血淚控訴。

「我會幫你處理好，這個你就不用煩惱了。」

「謝謝分部長。」鞠躬鞠到一半，皇甫洛雲又覺得不對勁，挺直腰桿問道：「分部長你想要做什麼？」

皇甫洛雲內心驚悚指數乘上一萬點，他由衷的希望分部長不要亂搞！

「這嘛，皇甫小弟你就不要問了。」柳逢時勾起唇，似乎對皇甫洛雲的「表現」非常滿意，「對了，鳴有跟我說你有跟人打起來，怎麼你剛才報告都沒有說明？」

「啊！」皇甫洛雲大叫出聲，他居然會忘記要報告那兩名突然闖入的那對男女！

「補充一下吧？」

「好。」皇甫洛雲補充說完後，又道：「分部長，那分別是自稱持有『神』之線的男生，以及擁有一本黑與白色詭異書籍的女生。我不知道他們什麼時候進去的，而且他們的攻擊手段很奇怪，我也不懂為啥我會被攻擊呀！」

皇甫洛雲一說完，身後傳來一股強大的拉力，連殷鳴抓著他的後領，作勢要將他拉走。

「等一下！」皇甫洛雲緊張了，怎麼一聽完他的敘述，連殷鳴就要拉他走？

「鳴，你太急躁了。」柳逢時看著連殷鳴立即將皇甫洛雲拉走的動作，噗哧笑道，「你老是這個樣子，也難怪皇甫小弟一直跟不上你的動作。」

「柳，如果菜鳥說的是真的……」

連殷鳴話未說完，柳逢時抬手打斷。

「這都不確定，不是嗎？」柳逢時淡然說道：「況且，陰間事，只有陰間人和冥使能夠處理，那些人不想髒了自己的手，不可能去那個鬼地方，處理那邊的鬼事。」

「你們是在說那兩個人嗎？」

皇甫洛雲聽的一愣一愣的，為什麼他聽起來的感覺像是柳逢時跟連殷鳴跟對方有仇，他們知道那兩人是什麼人嗎？

「沒什麼，你不要太在意。」柳逢時擺手說道，「你先跟鳴跑一趟？」

「等一下！不能讓我自己去嗎？」皇甫洛雲驚悚了。

跟連殷鳴一起去，這比被人威脅，拿把刀要他自殺還要恐怖。

「皇甫小弟，你現在的身分是什麼？」

「不就是冥使。」皇甫洛雲理直氣壯道。

「不是，你還只是個『見習的』。」

柳逢時話一出，皇甫洛雲像洩了氣的皮球，雙肩重重地頹下。

好吧，他認了。他只能膽顫心驚地跟著連殷鳴走了。

「皇甫小弟。」

柳逢時莫名地喊住皇甫洛雲，皇甫洛雲立刻瞠大雙眼，注視著柳逢時。

難道柳逢時想開了，決定讓他一人行動？

但很可惜，柳逢時下一句話粉碎了皇甫洛雲的希望。

「如果鳴太過分，你可以用通訊符通知我，你快死的時候，我會叫鳴住手。」

見柳逢時這麼說，皇甫洛雲內心有寒風吹過。

這些人，真的太過分了！

「好啦，不鬧你了。」可能是看到皇甫洛雲有點生氣了，柳逢時大笑道，「嗚今天是協助你，他如果對你做出什麼不好行為，你可以跟我說。」

「柳，你說什麼？」連殷嗚立刻投射眼刀過去。

「嗚，雖然皇甫小弟對你而言是新人菜鳥，但嚴格上來說，他也是我們柳分部的一份子。」很難得地，柳逢時吐出這認真異常的話語，「你不放著皇甫小弟做事，你要他怎麼學會自己飛？」

「誰說我沒有？」連殷嗚冷言哼聲，「我跟甄宓不就是讓菜鳥先做事？」

「這嘛，沒說這方法不行啦。你今天先當協助者，有什麼狀況可以直接跟我報告。」

「……可以。話先說在前頭，如果我覺得我該插手，我是不會誰是主誰是輔。」礙於柳逢時是柳分部的分部長，連殷嗚也只能照做了。

「我明白。」柳逢時笑笑道：「所以我才說，你可以跟我報告。」

連殷嗚哼聲，抬手用力拍了拍皇甫洛雲的肩膀。

「走了，菜鳥。」

「分、分部長！」

結論是，他還是要跟連殷嗚一起行動嗎？

他會死啦！

皇甫洛雲和連殷嗚離開後，柳逢時的辦公室驀地浮現出一抹豔麗人影。

「柳，這次他們要處理什麼任務？」甄宓足踏地，來到柳逢時的身旁。她可受不了自己在「下面」查事情時，卻漏掉了柳分部的精彩好戲。

「皇甫小弟發現一件有趣的事情。」

「我知道呀。」甄宓挑眉道，「不然你怎麼會叫鳴去撿新人的身體？」

「但有點出乎意外的……皇甫小弟居然會遇到這麼有趣的事。」

柳逢時露出玩味的笑，甄宓見狀，雙手扠腰道：「柳，讓新人加入可不是讓你覺得好玩的。」

「宓兒，我知道。」柳逢時舔了舔嘴角道，「只是這件事真的——太有意思了。」

「柳，通常你會覺得有意思的，絕對不是好事呀！」甄宓擔憂說道：「讓鳴跟皇甫小弟一起去……會不會太莽撞了？」

「宓兒妳不需要擔這個心。」柳逢時抬手，掌心向上，像是要接下什麼東西似地，對甄宓勾呀勾的。

甄宓嘆了口長氣，搖頭說道：「柳，你真的是……」

無奈之下，甄宓揚手變出一疊文件，遞給柳逢時。

「謝了，宓兒。」柳逢時接下文件，將它置在桌上，又對甄宓說：「宓兒，如果妳現在有空……」

「柳！」

甄宓微怒跺腳，她不需要繼續把話說下去，因為她知道柳逢時明白她這一喊的意思。

「嗳，我不是要妳偷偷關心一下皇甫小弟那邊的狀況呀！」柳逢時打開中間抽屜，拿出黑色圓鏡道，「要關心皇甫小弟，我會用我自己的方式。」

「那你想要我做什麼？」

這讓甄宓好奇了，她的確以為柳逢時會要她跟蹤皇甫洛雲跟連殷鳴呢！

「這個。」柳逢時抬手，朝桌上文件指去，「妳去查，這情報的真偽。」

「……柳，你懷疑我給你的東西有錯？」

這讓甄宓有些受傷，她這麼盡心盡力幫助柳逢時，而柳逢時卻這樣對待她。

「不，宓兒我不是懷疑妳給的資料有誤。」柳逢時搖頭說道，「我相信文件上記載的是真的，但是——」

「但是？」語氣莫名停頓，甄宓猜不出柳逢時的意思。

「但是呀，我擔心有內鬼呀！」柳逢時摸著冥鏡，低眉說道：「記得上次皇甫小弟第一次加入處理的任務吧？」

「記得。」

甄宓可沒有忘記突然被下面關切，結果下去一問，每個人都否認有過問任務的事情。

這讓甄宓納悶，但也因為找不到通知者，只能作罷。

但唯一能夠知道的，能使用冥鏡做出通知行為的，只有下界官員，或是像柳逢時一樣，持有著冥鏡，居於分部長之位的人。

「如果問下界問不出所以然來，妳有沒有想過，會是『分部長』通知的呢？」

「這有可能嗎？」甄宓皺眉說道：「若是分部長通知，冥鏡也會特別標示出來，不是嗎？」

「所以，這很有趣呢！」柳逢時淺笑，又道：「所以妳不認為，這一切都是註定的嗎？」

「柳，你想太多。」甄宓無奈道：「如果真的註定，為什麼現在才鬧出這些奇怪的事？」

「時也、命也、運也。」柳逢時搖手說道，「有些事，都是要靠機緣，有些事要等時間到了才知道，時機尚未成熟，又有誰會願意暴露出來呢？」

「所以，你才要我再去查？」甄宓瞟了柳逢時桌上文件說道：「如果跑一趟文件內容的行程，發現文件是沒有問題的，那就不是下界的問題，是吧。」

柳逢時露出讚賞的微笑，將文件推向甄宓。

「聰明。宓兒這件事交給妳了。對了……」柳逢時像是想到了什麼，又道，「有空跟下面問問三冥器的情報。」

「去查當然沒問題，但柳你為什麼突然要查冥器？」甄宓眨眼，不解問道。

「這就先讓我保密了。」柳逢時笑著回道：「有什麼狀況再回報給我。」

甄宓無奈揮手，身影隨即消失。

柳逢時看著甄宓離去的身影，目光重新放回手上的冥鏡，輕輕地撫摸鏡面，隨即，鏡面浮現出皇甫洛雲跟連殷鳴。

柳逢時揚手，鏡面挪移到半空中，柳逢時將背靠在椅背上，用觀賞的姿態注視著他們的行動。

「嗯……這次會發生什麼事呢？」

他，非常期待。

皇甫洛雲和連殷鳴重新回到了社區。

進入社區，皇甫洛雲依然很不習慣進入的感覺。

「唔噁——」原本以為早上去過一次，他就會習慣，沒想到，才剛進去，又是那種想要嘔吐的感覺。

「菜鳥，用印記驅逐。」連殷鳴咬牙寒聲說著，皇甫洛雲看到連殷鳴那咬牙切齒，一臉想要將他痛毆一頓的修羅惡鬼的模樣，皇甫洛雲穩住雙腳，不讓自己就這樣後退逃跑。

他照著連殷鳴的意思去做，下一秒不適感在印記發出亮光的瞬間消失殆盡，這讓皇甫洛雲讚嘆著花印記的意外用處。

「原來花印記有這個額外功用！」

「菜鳥你忘記花印記的功用有哪些嗎？」連殷鳴聞言，立刻召出器具，將槍口指向皇甫洛雲。「如果忘了，那我就再讓你用『身體』深刻地記住吧！」

皇甫洛雲大聲慘叫，趕緊揮手說道：「啊啊啊，我沒忘記！快把槍收起來！」

連殷鳴重重挑眉，將槍收起，「沒忘就好。」

見連殷鳴沒有繼續拿槍威脅他，皇甫洛雲鬆了口氣。看這情況，他還是不要亂說話的好。

皇甫洛雲和連殷鳴繼續往前走，穿過黑色的通道，來到社區之中。

面對像上次一樣突然出現的人潮，皇甫洛雲的心思卻不在這裡。

他在想該用怎樣的理由去那個疑似有人在的地方？

正當皇甫洛雲左顧右盼，思考方針時，發現了一件詭異之事。

「咦？」

「怎麼了。」連殷鳴問。

「總覺得……」

「覺得怎樣，直接說了。」連殷鳴揮手，不耐說道。

「通道好像變長了。」

皇甫洛雲手抵著下巴，看著自己站著的地方。

他們一走出通道，就沒有繼續往前。而他們所停下的所在卻是在活動中心之前。

「是說『裡面』的區域變小了？」

「啊啊，對！」皇甫洛雲一手圈起，敲著另一隻手的掌心，點頭道。「就是範圍好像被縮小了。」

「那我們動作要快一點。」

連殷鳴擔心這地方會消失。同時，他也注意到這裡的「特異點」。

「這裡的人的確可以看到我們。」連殷鳴壓低嗓音，抓起皇甫洛雲的左手臂，往人少的地方走去。「快走！」

「咦咦咦咦咦——為什麼？」皇甫洛雲低聲大喊。

「哼，除非你想要被一群惡靈圍毆。」

連殷鳴說完，皇甫洛雲好玩問道：「你會怕惡靈？」

此話一出，迅速拿出他的器具，槍口抵在皇甫洛雲的額上。

果然說錯話了。

皇甫洛雲內心血淚，當他發現自己被連殷鳴拖到沒人的地方他就知道啦！

「我不怕他們，只是交手起來很麻煩。除非你有辦法一下子找到讓惡靈出現的媒介，不然直接跟惡靈交手是不智的選擇。」

「媒介？」

皇甫洛雲斜眼看著連殷鳴將黑槍收起，一點也不想回答，繼續往前走。

「雖然逗留在人世的魂很多，但怨魂也沒有多到滿坑滿谷的地步。這裡的魂是拘在身體上的，說是惡靈也不太對，他們的確與怨魂惡靈這一種搭不上邊。」說到這裡，連殷鳴又補充道：「這地方應該沒有活人。」

連殷鳴不需要回頭，也可以看到這裡的「人」並不是「靈魂」，也不是「活人」，而是「死人」。

「所以你才會說『媒介』？」皇甫洛雲懂了，「會讓這裡出現疑似大範圍受災現象，一定有什麼媒介才會讓這裡變成這樣？」

「所以才說不要打擾他們，是因為還沒查明狀況，不宜打草驚蛇。」

皇甫洛雲理解點頭，從阿伯死亡時間判斷，這裡的異狀應該是大約從三個月前開始的。

「我們去一下那邊？」皇甫洛雲指著一處高樓問道。連殷鳴走的地方剛好是皇甫洛雲想要調查的所在，他只能說連殷鳴很會走，隨便亂走方向也會對。

連殷鳴沒有回答，僅是抬手，做出「請」的動作。

哇，這麼好講話？

皇甫洛雲見連殷鳴要他走在前面，這讓他不知如何是好。

但看連殷鳴不再繼續往前走，擺明就是要讓他走在前面，皇甫洛雲也只能照著連殷鳴的意思去做了。

肆・衝突

周圍沒有鬼魅，也沒有任何侵擾思緒的雜音，這地方十分安靜，只有人聲與風聲。

皇甫洛雲來到記憶中的可疑地點——頂樓，但周遭卻什麼也沒有。

「記得是這裡呀……」皇甫洛雲看著本來就沒有人，只有水塔的大廈頂樓，喃喃道。

「既然覺得這裡有鬼，不會調查嗎？」

「怎麼查？」皇甫洛雲呆滯問道。

他們一上來，頂樓就已經走了一圈，要人沒人，要阿飄沒阿飄，連怨氣都沒有要怎麼查。

這一問，讓連殷鳴心底只充滿把皇甫洛雲拖去打的衝動。

「怎麼查，你不能用符查嗎？」連殷鳴忍著怒氣，面目猙獰道：「菜鳥，借問一下，你現在的身分是什麼？冥使，是冥使！你以為你是一般凡人偵探，只能實事求是調查嗎？」

「啊啊，對！」

皇甫洛雲趕緊拿出一張皺巴巴的黃符紙——拋出。

符紙瞬間被莫名黑火吞噬，顯現出陽臺「過去」的影像。

只是影像有點不清楚，無數個沙沙模糊影像帶過，像是碎片一般難以湊齊，只能看到概略形體，卻無法完整看出對方樣貌。

「唔唔——」

皇甫洛雲頭痛了，面對這拍不清楚的影像，連個訊息都沒有，讓他不知道從何調查。

只是，一旁的連殷鳴卻不是這麼一回事，他半瞇著眼，眸中透出一絲拘謹。

「嗚，接下來該怎麼辦？這裡應該真的有人在這裡出現，只是印記都被清得差不多，我們要先回柳分部報告嗎？」

皇甫洛雲面對這般狀況，心想他們應該只能先回柳分部，看柳逢時有什麼指示了吧！

「菜鳥。」

「是。」

連殷鳴莫名出聲喊住自己，皇甫洛雲不解地看著他。

「回去跟柳報告目前調查的結果，尤其是頂樓這部分要強調一下。」

「你要去哪？」聽到連殷鳴這席話，皇甫洛雲聽出連殷鳴不會跟他一起回去的意圖。

「這裡我要深入調查，我們直接分開行動。」

連殷鳴說完，身影霎時消失。

皇甫洛雲見自己突然被同事拋下來，頓時無言以對。

連殷鳴是怎麼了？

雖然他很想問，但連殷鳴應該也不會說明吧！畢竟他做事從不解釋。

想到這裡，皇甫洛雲嘆氣了。

明明是要一起行動，怎麼才一下子而已，就變成只有他一個人？

他無奈扒抓頭髮，雖然落單的自己下一刻可能又會被包圍，但看來他還是先回去柳分部好了。

皇甫洛雲正打算離開時，卻有一股熟悉的氣息吸引了他。

——那是小小的清淨氣息，很像是那對男女高中生身上的味道。

「是那兩個人回來了？」
皇甫洛雲瞬間轉頭，看著傳來氣息的地方，視線停頓在活動中心附近的便利商店。
「咦，結果也沒去多遠嘛。」正巧，他看到消失不見的連殷鳴朝便利商店的方向走去，便追過去，完全忽略連殷鳴剛剛的分開宣告。
只是追上的結果換來連殷鳴的白眼，還好，連殷鳴沒有把滿腔的怒氣發在他的身上，隨便他跟著，但也沒有露出與他同路的神態。
連殷鳴與皇甫洛雲先後踏入便利商店。
裡面內商品林立，而內中空無一人，面對這疑似唱空城的模樣，皇甫洛雲懷疑自己是過度敏感，以為那對高中男女就在這裡。
皇甫洛雲張望店內擺設，一邊看著架上商品，來到熟食區，習慣性地拿起便當看著上面的製造日期與保存期限，不看還好，一看皇甫洛雲內心掀起驚濤駭浪。
上面的時間是三個月前，正好是八月暑假的時候。
看到這裡，皇甫洛雲默默地將手上的便當放回架上。
同時，皇甫洛雲感觸了一下。在以前他應該會大驚小怪的亂叫，而他現在卻很淡然，一點也不覺得訝異，只覺得在他的意料之中，沒有什麼特別的。
習慣，真的很恐怖。
皇甫洛雲勾起唇，苦澀搖頭。
心態必須要重新調整才行，他原本是普通人，而現在有了特別的身分，成為了一名「特殊分子」，但說到底，他還是一般人。

這是一種警訊。

皇甫洛雲暗中檢討著，思考自己該怎麼從日常與工作找出一個平衡點。最近幾天打電話給劉昶瑾吧！雖然他這朋友很不愛接手機，也不想要與他的冥使工作有所牽扯，但讓他聽點自己的小抱怨，應該沒有問題？

打結的思緒終於解開了一點，皇甫洛雲張望附近，確定便利商店真的沒有「人」的蹤跡，正打算離開時，便利商店的貨倉門打了開來。

那是身穿白與綠色相間的便利商店店員制服的金褐髮色的少年。

他一瞧見皇甫洛雲和連殷鳴，眉頭重重地皺起，他沒有招呼客人，直接走到收銀檯。

「嗚，這個人有點怪。」皇甫洛雲見狀，趕緊走到連殷鳴身旁，壓低嗓音，小聲說道。

「怪不怪，去了就知道。」連殷鳴不滿回應，隨手抓了一包餅乾，來到收銀檯前。

「我要結帳。」

原本低著頭的男店員抬起了眼，拿起連殷鳴手中的餅乾，刷條碼道：「二十五元。」

連殷鳴沒有拿出錢，卻直接看著店員說道：「你是誰？」

「我是誰，不就一般人而已。」男店員勾唇聳肩，先是看了連殷鳴一眼，後望向皇甫洛雲，「你帶來的那個人不也是？」

「你在這裡多久了？」連殷鳴半瞇起眼，透出危險的神色道。

「這很重要嗎？」男店員拉下臉，用看不出情緒的表情說道。

連殷鳴手放在收銀檯上，身子向前傾，咄咄逼人道：「當然，總是要知道像你這樣的人留在這裡有何目的。」

「目的？」男店員的眸中透出不屑色彩，哼聲說道：「你覺得『我們』有什麼目的？」

連殷鳴聽到複數人數的字眼，挑眉道，「這是你們弄的？」

同時，他將左手負在身後，手背上的花印記瞬閃出白光，黑槍驀地出現在連殷鳴的掌中。

「你覺得呢？」男店員依然故我，沉下臉，反問連殷鳴，「或許，這應該是我要問的？」

連殷鳴聞言，左手迅速抬起，槍口指著男店員的額頭。

「我不喜歡被人威脅。」男店員瞇起眼，抿唇說著。

莫名的壓力頓時升起，皇甫洛雲見狀，內心大喊不妙，莫名生出勇氣，他抓住連殷鳴的槍，不讓他指著店員。

「你為什麼可以看到我們？」皇甫洛雲一直很想要問這個問題，維持抓著槍的姿勢，雙目瞅著店員說道。

男店員冷然地看了皇甫洛雲一眼哼聲道：「這問題很重要嗎？」

「菜鳥放手！」連殷鳴怒道。

皇甫洛雲聞言，立刻放手，接著對店員問道：「你知道這裡發生什麼事吧？」

可能是直覺吧，他不像連殷鳴這麼武斷地判定認為對方是敵人，他感覺這個人應該不是犯人才對。

「發生什麼事，也要你們自己看，我對你們沒有通知義務。」男店員沉聲說著，最後四個字的字音還壓得更深。

「可是……」

「『冥使』，我再重申一次，你們的事與我無關。」

男店員吐出的關鍵字眼讓連殷鳴雙眸頓時一利，正要伸出右手揪住男店員，只是手甫一抓去，男店員就像是光一樣地消失在他們的眼前。

「這到底是怎麼一回事！」皇甫洛雲眨眨眼，錯愕地將這一瞬收入眼裡。

連殷鳴瞇起眼，看著自己的手。

方才伸去的手被那道莫名的光掃到，他的手頓時焦黑沒有一塊完整的皮膚。

「唔！」皇甫洛雲見狀，倒抽口氣。

「沒事。」

連殷鳴抬起左手，將左手覆蓋在灼傷的右手上，當他把左手挪開時，像是變魔術一樣，右手的傷口消失得無影無蹤，彷彿方才的焦黑傷痕根本就不存在。

「這是怎樣？」

皇甫洛雲揉了揉眼睛，懷疑冥使還兼任當魔術師，可以隨手將傷口變不見。

連殷鳴說，「花印記有很多用處，這是其中之一。」

「喔喔！」皇甫洛雲雙眼頓時放亮，這意思是以後他扭傷拐到也可以用花印記治療？

「——這只限定像是怨魂惡靈造成的傷口才可以治好。」

「那個人是惡靈？」

皇甫洛雲嚇到了，看那人化白光消失，不太像是壞的幽靈鬼魅呀！

「不，如果沒有看錯，他應該是另外一種存在。」連殷鳴甩手，眼睫下拉，半遮住雙眼，拿出通訊符，對符說道：「柳，我們不用猜了，這裡的確有神使，我剛才被天雷打到。」

符紙發出嗡嗡回聲，連殷鳴挑眉收起通訊符，轉頭對皇甫洛雲說：「我們去其他地方看看。」

「咦？」皇甫洛雲訝異說道，「分部長說繼續查？」

「怎麼可能。」連殷鳴理所當然地說：「他要我們回去。」

「那你還……」

皇甫洛雲頓時啞口無言，真不愧是不聽人話的連殷鳴，分部長都要他回去了，還要繼續調查。

「菜鳥，你可以回去。」

「不了，我也繼續查。」連殷鳴都說要留下，皇甫洛雲也不好說想要回去。「對了，你說的『神使』是我們在分部討論到的神？」

「這與你無關。」連殷鳴冷然說道。

「為什麼不找他們幫忙？」皇甫洛雲又問。

「菜鳥，捉魂收怨的工作是誰做？」

連殷鳴莫名地拋出問題，皇甫洛雲差點無法接招。

「是我們冥使。」

這是柳逢時說了不下數十次，不斷提醒皇甫洛雲的話語。

「是的，這工作是我們冥使做的，你只要知道這點就好了。」

字。

連殷鳴收回目光，重新挪移腳步，繼續往前走。

只是走沒幾步路，前面突然跑出一名男子擋道。

那是身穿與連殷鳴相似服裝的人，他身穿黑色長大衣，內襯服飾是淡藍色的。

皇甫洛雲想要看他的左手背有沒有印記，但左手卻戴上白色皮手套，上面有個「蕭」字。

「那啥？」皇甫洛雲疑惑了一下。

「別家分部的。」連殷鳴往前走，在黑衣男子的前方停下，刻意撇向他的左手位置，揚聲道：「蕭分部？」

「對，你們是哪個分部？」男子點頭，看向連殷鳴的左手部位，似乎想要看他是那個分部，但連殷鳴在看到男子出現，又察覺到他是冥使時，就將他的左手皮套收起，刻意不讓人看出他的分部。

「這與你無關。」連殷鳴冷冷回應，而這答案皇甫洛雲一點也不意外。

「你！」蕭分部的冥使聞言，生氣道：「這是蕭分部的區域，我不知道你是哪間分部的冥使，這裡是我們的值勤區域，還『請』你離這個地方。」

蕭分部冥使刻意把那請字加上重音，連殷鳴完全沒有理會對方，偏頭對皇甫洛雲說：「菜鳥，繼續調查。」

「等一下，他們剛才說……」

「他們的區域又是怎樣？」連殷鳴冷哼說道，「這裡發生異狀這麼久了，管理這區域的冥使都沒有發現，會不會太可笑了？」

「你！」蕭分部冥使為之氣結道：「你們不了解這裡的事情，就不要插嘴！」

「是嗎？」連殷鳴抬起左手，黑色裝飾槍浮現在他的掌中，他槍口對向蕭分部冥使道：「那我倒是想要問問，為什麼你們一定要等到別的分部過來調查時，你們才跳出來說那是你們的區域？」

「我……」

男子正要說話，連殷鳴毫不客氣地打斷道：「沒那本事吞下這任務，就別亂吃，小心吃壞肚子呀！」

面對連殷鳴的調侃與譏諷，蕭分部冥使氣不過，揚起左手，拿出一把弓。

他將手搭在弓弦，吐出冷逸的嗓音，「我不介意讓你再說一次。」

對方拿出器具威嚇，連殷鳴一點也不放在心上，冷笑說道：「你拿器具……我可以解讀成你想要攻擊我嗎？」

「這裡是蕭分部的地盤，請回。」

「沒辦法。」

連殷鳴抬起持槍的手，隨即開槍，男子見狀，立刻射出箭矢，攻擊連殷鳴。

面對雙方突然一觸即發，槍箭攻擊，皇甫洛雲在旁看得不知所措。

不知何時，周圍的「居民」消失不見，四周慢慢地溢出黑色的煙霧。

這他看過，那是居民和社區空間變化的前兆。

「嗚！」皇甫洛雲急著喊道：「這裡要變化了，我們要不要先離開？」

蕭分部冥使聞言，大驚失色道：「嗚……柳分部的連殷鳴！」

皇甫洛雲聞言，傻眼以對。

連殷鳴有這麼有名？

連殷鳴躲過一枝箭矢，鑽到男子的身前，抬起右手用力朝對方的左手腕打去，讓他的器具離手，然後持槍的手一轉，槍口抵在男子的太陽穴道：「既然知道我是誰，就該知道我從來不管哪個是誰的地盤。」

一切都是那麼迅速，僅在數秒之間，連殷鳴與男子分出勝負。

「分部都有分部的規矩，柳分部有你這個不照規矩來的員工，這也難怪柳逢時一直無法升上去，只能留在那樣的位置。」

連殷鳴聞言，眉頭重重蹙緊，冷然說道：「我的為人處事與柳無關，你居於分部部員的位置，當著柳分部的部員面前喊著分部長的名字，也沒有聽到該有的敬稱，光是這點，我應該可以揍你了。」

「嗚，不要惹事！」

皇甫洛雲嚇到了，雖然他知道連殷鳴做事很衝，但他沒想到居然衝成這樣。

「菜鳥滾開。」連殷鳴滿腦子只想要痛毆眼前的人，一點也不想要搭理皇甫洛雲。

此時，社區內溢出的黑煙籠罩在連殷鳴和男子的身旁。

皇甫洛雲只感覺那道煙霧給他噁心反胃的感覺。

明明他有用花印記驅除氣味，為什麼這氣味又飄了上來？而且很明顯地，這煙霧在影響著連殷鳴和蕭分部冥使的情緒。

他們感覺不出來嗎？

皇甫洛雲見狀，立刻抬起左手，拿出他的器具。

白色的鐮刀出現瞬間，落下點點白光，吞沒了黑色霧氣。

他雙手持著白色雕花刀柄，順著身體動作完全不需要動腦，在空氣中刻出一條條清晰的白色刀風。

黑色的霧氣被冥鐮劃過的同時，皆化成白色的煙霧，消散於空氣之中。

周圍黑霧消除後，皇甫洛雲再衝向前，趁機阻止連殷鳴和蕭分部冥使。

冥鐮輕盈揮動，擊在連殷鳴的槍與蕭分部冥使的弓之間。

「你們別打了！」皇甫洛雲大聲說道。

「菜鳥別攪局！」

連殷鳴見狀，抬手推開皇甫洛雲，左手的槍抵在蕭分部冥使的器具之上，直接扣下扳機，發出「砰」的交擊聲。

蕭分部冥使的器具霎時碎成碎片，落在地上，消失不見。

連殷鳴將槍口指向蕭分部冥使的身前，眼睛眨也沒眨，再開一槍——

「嗚！」皇甫洛雲被連殷鳴推到在地，半蹲站起也來不及阻止連殷鳴，只能眼睜睜地看著他槍殺同行。

只是下一秒，卻換成了詫異的呼聲。「咦！奇怪這……」

槍口冒出裊裊白煙，蕭分部的冥使也在連殷鳴開槍的同時，昏迷過去了，但真正讓皇甫洛雲在意的，莫過於是在昏迷冥使的身後，那不斷滾動的混雜著黑色霧氣的透明戒珠。

——這代表著，蕭分部冥使身上有怨氣。

皇甫洛雲詫異不已，原來冥使的身上也會有怨！

連殷鳴完事後，將手中的槍收起，然後走到皇甫洛雲的身前，用居高臨下的神情看著半蹲仰頭的他。

「菜鳥。」連殷鳴冷然說道：「我說過，我做事，你不要插手。」

「……你的確說過，對不起。」皇甫洛雲自知自己做錯事了，低頭認錯。

「對不起可以了事嗎？」連殷鳴哼聲說道，「如果對不起就可以解決事情，每個人只要動那一張嘴，一直道歉就夠了。反正再調查下去也沒什麼用了，直接把人帶回去分部再說。」

連殷鳴不想繼續與皇甫洛雲廢話，轉過身，朝昏迷的冥使走去，用扛沙包的方式將他扛起。

然後，連殷鳴拋出黃色符紙，強行打開通道，隨即踏了進去。

皇甫洛雲見連殷鳴要離開，趕緊爬起身，跟了上前，一起離開這個詭異社區。

社區的冥使們甫一離開，暗處走出了一道身影，他看著他們開啟又關閉的通道，瞇眼沉思。

不過，那也只有一瞬，他抬起手，隨著手勢揮動，手流出一點點的黑色光芒，黑色光點沁入周圍，增長了黑霧的滋生，也加深了霧氣的濃度。

周圍的空間傳來侵蝕的滋滋聲，從邊緣地帶開始，濃稠無法化開的黑不斷地向內延伸，繪出一圈又一圈的黑色圓圈，不斷地往內靠近。

黑暗吞沒了位在遠處邊緣的數個大廈，一直不斷地逼近。

只是黑暗靠近便利商店的位置，卻停了下來。

黑色身影偏著頭，朝便利商店望去，那裡殘留的白色光芒阻擋了黑暗的路程，他抬起手，拿出一張黃色符紙，唇微動，發出無聲的話語。

須臾，過了些許時間，身影將符紙收起，身影驀地消失。

而他離去的同時，被黑暗侵蝕的社區發出空靈的鈴鐺聲。

「鈴——」鈴鐺一響，黑色霧氣竄入地面，然後重新從地底伸出，地面發出隆隆聲響，倏地化成無數個人形，每個浮出的人形周身溢出黑色黏稠的霧氣，它們每走一步，地面就出現一道黑色的腐蝕痕跡。

「鈴——」鈴鐺又響，人形身上的暗色褪去，變成一個個清晰的人體模樣。

「鈴！」鈴鐺再響，所有人像是突然清醒一般，全都動了起來。

他們像是看不到那一層又一層的黑暗，做著每天例行的動作。

鈴鐺沒有響下第四聲，就這樣沉寂下來。

是有人搖動鈴鐺，還是鈴鐺自己搖響的呢？

到目前為止，依然沒有人注意到這鈴鐺的存在。只因為，鈴鐺聲都沒有「人」能夠聽見。

伍・蕭兮部

皇甫洛雲疲憊的回到家裡，可能是從早上不惜蹺課也要執行冥使的工作讓他有點累到，一回到柳分部，不用自己開口，柳逢時就先放他假，今天晚上的班可以不用上。

於是乎，皇甫洛雲便也收下柳逢時的貼心命令，直接回家躺平。

只是一踏到房間，皇甫洛雲第一個動作不是洗澡睡覺，好好地休息，而是拿起手機直接打電話。

從他到家上樓，一直播打同一支電話，但對方卻沒有接。

「死阿昶，居然不接！」皇甫洛雲有些生氣，劉昶瑾這殺千刀的為什麼不接電話？其實不接就算，皇甫洛雲會一直瘋狂撥號的主因在於——劉昶瑾是主動地掛掉他的電話。

他又不是要諮詢他工作，一直按掉他的電話讓他有點氣憤。

沒辦法之下，他只好使出殺手鐧——直接祭出柳逢時給他的冥使專用通訊符。

阿昶阿昶阿昶快回我呀——

皇甫洛雲心中不斷喊著，最後終於傳來那讓他夢寐以求的信息。

『吵死了，三更半夜的可以不要聯絡我嗎？』

訊息自動灌入腦海之中，皇甫洛雲下意識地抬起眼看著手腕上的手錶，反射性回道：

「阿昶，現在才晚上七點，不構成三更半夜這個條件。」

『皇甫，你知道我今天的課是早八晚七嗎？』

劉昶瑾言下之意，他剛才才下課。

皇甫洛雲內心發出噔噔警報，劉昶瑾這意思該不會是在責怪他一直打電話，讓他沒辦法專心上課，一直按掉他的電話？

「對不起……」皇甫洛雲手掩著雙眼，挫敗說道。

今天果然時運不濟，就算回到家裡，也只有被人罵的分。

『算了，就算把你挖坑埋了，你這死個性也不會改。』劉昶瑾又道：『皇甫，你想問我事情？是不是忘記了我的規矩？』

「我沒有忘記！」皇甫洛雲忍不住大聲喊道。

『不然，怎麼來一場奪命連環 CALL？』訊息停頓，數秒後又傳了過來，『嗯，四十三通電話，加一個就可以湊四十四了。』

瞬間，皇甫洛雲又囧了。

看來劉昶瑾被他這樣一弄，顯得有些不爽，居然語帶雙關的要他死一死？

無奈之下，皇甫洛雲便將今天的事情迅速說明，最後說：「阿昶，冥使的基本知識到底有多少，我需不需要請分部長列清單給我？」

『如果你不怕被柳笑死的話。』劉昶瑾中肯說道，『我認為，就算你懂的基本知識再多，你犯蠢的機率還是很高。不過你說了一件很有趣的事情……』

說到這裡，劉昶瑾便不再說下去，留下的是一陣長長的寂靜。

過了很久很久，皇甫洛雲忍不住大喊：「混帳阿昶，居然關掉訊息了！」

正當皇甫洛雲悲劇之際，他的手機傳來了響聲，他拿起手機，看著上面的來電顯示，立刻按下——

「阿昶你幹嘛掛掉我的訊息！」皇甫洛雲差點欲哭無淚，方才他真的以為自己被拋棄啦！

『……我接下來說的，通訊符不保險。』

「為什麼？」

『柳逢時的東西，本來就是給自家人用。』輕輕地，劉袓瑾發出歎息聲，『以我的立場而言，手機這東西還比較方便，所以我還是用正常的方式跟你說會比較好。』

「喔喔，我還以為我被拋棄了。」皇甫洛雲悲劇了一下，方才他真的以為劉袓瑾拋棄他了。

『真要拋棄你，我會提前告知。』

「阿袓別這樣！」皇甫洛雲大驚失色道。

『開玩笑的，別當真。』劉袓瑾嘆氣了，『你說的事情柳應該會處理，不過你是第一發現者，憑柳的個性，他應該會要你跑全程，皇甫，你自己注意一點。』

「是。」皇甫洛雲悲劇了，這任務真要他全包他會累死吧！

『另外，你說的高中生，這部分我沒辦法跟你詳細說明。』

「喂，分部長他們都不跟我說，連你也是？」

皇甫洛雲有點不開心，對於那奇怪的高中生二人組，目前身分未定，不知他們是敵是友，但隱約感覺出，分部的人大概有猜出他們的身分，而他卻還是不清楚。

『我沒見到無法判斷，我沒辦法武斷地給你訊息。』

「算你有理！」皇甫洛雲說：「阿袓，冥使也會被怨氣附身？」

想到連殷鳴對冥使開槍，那顆在地上滾動的戒珠讓他無法釋懷。

『我沒有說過冥使不會被怨氣附身吧？』劉昶瑾說：『器具可以除怨、花印記雖然有很多功能，但是你要記住一點。』

「記住啥？」

『除怨的是器具，而不是花印記。』

「所以，冥使也會被怨氣附著？」

『皇甫，冥使也是「人」。』劉昶瑾淡漠說道：『人最難懂的就是他那顆心，心與腦袋思緒是連動的，無心就不會動腦，而會動腦的都是有心人。』

「……劉昶瑾同學，請說人話。」皇甫洛雲知道劉大師又要開釋了，直接講明他聽不懂。

『意思是，冥使也是有被怨氣附身的案例，請你不要把冥使當成什麼厲害到極點，又是 BUG 上身的遊戲主角，這樣說明你懂嗎？』

「懂了。」皇甫洛雲說：「你認為那位冥使為什麼會被附身？如果他是因為被那突然竄出的黑霧影響，為什麼嗚沒事他有事。」

『這我就不太清楚了，當事人是你不是我。』劉昶瑾又道：『不過我可以告訴你，他會變成那樣，可能是經年累月的，一般冥使不會察覺，但對於敏銳的人來說就不一定了——對，皇甫你不要沉默裝死，我說的一般不會查覺的就是你。』

瞬間，皇甫洛雲很像要罵髒話，這傢伙是算準他一定會插話，但會因為他後面那幾句話而裝死嗎？

「好啦，反正我就是白痴智障不會發現。」

『別把你自己想得這麼厲害，這不是遊戲RPG，讓你這個普通人變成冥使是有什麼特殊的原因和功用。』劉昶瑾冷然說道：『你只要知道，你會成為冥使，是由無數個巧合和意外構成，實際上這對你的人生沒有多大影響，你不需要為了這份天外掉下來的工作而蹺你的課。』

「……劉昶瑾同學，你是我肚子裡的蛔蟲，知道我想要說什麼嗎？」皇甫洛雲沒好氣地說另外一見想要說的正事：「阿昶，仲寒的事，你查得怎樣。」

『我的學校在邊疆呀！皇甫洛雲同學。』劉昶瑾學著皇甫洛雲方才稱呼他的方式，直白說道。『你要我這個發配到邊疆的人要怎麼幫你查？當然是請你這個還在本地爽爽度日，也不需要煩惱住宿飲食的人自己想辦法了。』

「阿昶！」

皇甫洛雲低喊。

他這同學一天不調侃他會死嗎？

『唉，我這邊沒有仲寒的消息，而且我的劉分部也搬到我的大學附近，重新劃了一塊地盤，就算我回到家裡，也沒辦法幫你查。』

皇甫洛雲聽著劉昶瑾這席話，突然想到在那社區遇上的冥使聽到連殷鳴名字的反應。

「阿昶，跟你對調的分部該不會是『蕭』分部？」

『你們見過面了？』劉昶瑾說到一半，覺得這句話不太對，又改口，『基本上，你這幾個月做任務時，沒有其他分部上來搶業績是因為我和柳，這回去送個阿伯去社區，碰到了狀況，也遇到別家分部的人，你也應該猜出他是接替劉分部的蕭分部。』

「我沒辦法想這麼多啦！」

劉昶瑾都拐彎罵他是直線思考了，皇甫洛雲只能無奈回應。

『不過蕭分部的冥使會被怨氣附體，如果不是因為他們還不熟地形狀況，不然就是那個人本身就有問題。』劉昶瑾想了一下說，『你去找柳問看看，看他要怎麼處理蕭分部的人吧。』

皇甫洛雲默了一下，「喂，你這說法怎麼聽起來像是要做掉對方呀！」

『這叫做適時的處理競爭對手。』劉昶瑾又道：『柳會感謝你的。』

「誰要他感謝我呀！」

皇甫洛雲不懂，感覺扯到分部的相關事情，劉昶瑾很不像他自己。

冥使事務所的主旨不是收魂捉怨？既然大家目的一樣，為什麼還要分什麼彼此，又不是有什麼利害關係。

就算有，頂多是那個麻煩的贖魂業績制度。

『他一定會。』劉昶瑾出聲笑道，『對了皇甫，我對你說的社區任務很有興趣，有什麼狀況可以跟我說，當然我要請你去除對於柳分部所有情報，我這個劉分部的分部長，不宜做出以上這缺德行為。』

缺德，現在就是吧？

皇甫洛雲翻了翻白眼，忍不住吐槽道：「阿昶，就算你要我找你，我要怎麼找？你是忘記我撥了四十三通電話，你卻啥鬼都沒有接嗎？更別說這第四十四通還是你打來的。」

『我現在捎給你我這裡用的通訊符，我會很好心在通訊符上作記號，讓你不會認錯，以免要找我，卻用柳逢時的通訊符。』

說完，劉祖瑾掛掉手機，下一秒，皇甫洛雲的眼前自動飄現出一道黃色的符紙。他抬手接下，符紙的左上角還寫著紅色的篆體「劉」字。

皇甫洛雲左翻右翻，仔細地看了一下，便將符紙收起。

「阿祖跟分部長的關係是好還是壞呀！」

皇甫洛雲有注意到，劉祖瑾在叫柳逢時的稱呼在「柳」跟「柳逢時」之間相互交換。這是好還是不好呢？

皇甫洛雲用力甩頭將思緒拋開，他還是別胡思亂想，趁今晚休假，好好整理思緒，以免明天上班，柳逢時問他問題，他卻被問倒。

次日晚上，皇甫洛雲依照正常的上班時間，提前騎著他的摩托車，來到外觀是一棟破舊洋房的柳分部。

但今天的柳分部氣氛有些微妙，貌似分部內的陰間路通道都亂了方向，沒有辦法正確前往柳逢時所在的辦公室。

這讓皇甫洛雲只能放棄偷懶想要走陰間路的心態，用正常的方式到柳逢時的辦公室。

不進還好，一踏入，皇甫洛雲頓時明白本日柳分部的陰間路為什麼會亂成一團。

他看到柳逢時一臉笑咪咪，像是笑面虎一樣，看著站在辦公桌前，身穿與他們一樣，都是冥使制服的青年背影。

皇甫洛雲不想管背影怎麼這麼眼熟，反正穿著制服的冥使比較多，當然，他也有制服，但他不習慣穿這麼多件又麻煩的服裝，便繼續穿他的短袖襯衫和牛仔褲。

由於冥使制服中，那一千零一件完全一樣的就是那件黑色長大衣，只有所有人背靠背站在一起，除去身高，不管他怎麼看，每個人都一模一樣。

只是這次狀況不一樣，辦公室的氣氛十分壓抑，這讓皇甫洛雲決定向後退一步，將門關起。

「皇甫小弟，你來了就進來吧！」

柳逢時嘻笑說著，完全不給皇甫洛雲裝死離開的機會。

「……是，分部長。」皇甫洛雲縮了縮脖子，萬般無奈地踏入辦公室。

早知道他剛才應該要直接落跑，而不是傻愣在原地打量進來的人是誰。

只是皇甫洛雲一吐出話語，站在柳逢時前方的背影青年聞言，不安大喊：「等、等一下，柳、我、我不是這個意思！我真的沒有要質問你的意思呀！」

然後，青年像是很困擾似地，扒抓頭髮，顯得有些不知所措。

面對青年的動作與嗓音，皇甫洛雲瞠大眸子，雙手交疊。

啊啊，難怪會眼熟，聽到聲音他就知道了。

這名青年他認識呀！

「學長？」皇甫洛雲快步向前，看著那身穿黑色長風衣，內襯服裝是淡藍色袍子，有著俐落短髮，配戴黑框眼鏡的青年。

他的名字叫做蕭安聞，與皇甫洛雲同一間學校，是他所就讀的封寧大學二年級的直屬學長，目前是擔任學校男宿的舍長，目前很認分地住在宿舍處理宿舍事。

對於蕭安聞的出現，皇甫洛雲非常的驚訝，更別說他的姓氏又是「蕭」。

「咦？不是……等等，皇甫學弟你怎麼會在這裡？」

面對突然相認的兩人，柳逢時雖然很像要抹臉遠望，但吐槽的慾望更甚於這些內心的動作，於是乎，柳逢時開口了。「皇甫小弟，我不得不承認你是一個很厲害的人。」

「為什麼？」皇甫洛雲下意識地回道。

「跟你介紹一下這個人，如何？」

莫名熟悉的開場白讓皇甫洛雲反射性地向後退了一步，「不不不，我不需要。」

雖然他已經推測出蕭安聞的身分，但他還是不想要聽柳逢時的調侃呀！

「這可由不得你唷，皇甫小弟。」柳逢時粲然一笑，說道：「你的學長，蕭安聞呀，是蕭分部的分部長。」

「皇甫小弟，你不覺得你很厲害嗎？」柳逢時雙手交疊，置在桌面上，用開玩笑的口吻說道：「明明『分部長』比一般員工還要少，你的朋友和學長都是分部長，我看我要不要請你幫我買一下樂透，看看會不會中大獎？」

「原來皇甫學弟也是冥使，我有點嚇到了呢！」蕭安聞搔搔臉頰，尷尬一笑。

「我也很訝異學長你也是冥使呀！」

皇甫洛雲頭微低，嘴巴上是說很訝異，但可能是因為劉昶瑾的關係，他也不覺得訝異了。

「柳，我真的不是這個意思，而是你的員工……」雖然多了皇甫洛雲這個插曲，蕭安聞還是沒有忘記他來這裡的目的。

見蕭安聞再提正事，柳逢時也不與他囉唆：「蕭，不是我不想幫你，你員工的狀況就是那樣，我只能回報下界，由他們重新審視你員工適不適合繼續執行冥府的工作，以及該不該留下冥使身分。」

「柳，是你的人先來到我的區域！」蕭安聞深吸口氣，就事論事道：「我還沒歸咎你的人闖到我的地盤，還打傷我的人，你還要檢舉我的人行為不檢？」

「嗯哼，是的。」柳逢時笑著回應，占理說道：「被怨氣附身，這不嚴重嗎？若不是我家的皇甫小弟意外撿了一個魂，來到你的地盤發現一些不對勁，跟我回報後跟鳴一起處理這件事，我們也不會發現——啊啊，原來蕭分部裡有一名被怨氣附身的冥使呀！」

蕭安聞張起唇，還想要繼續說下去，柳逢時完全不給他這個機會。

「更別說身為冥使的我們也懂一顆戒珠既定的容載量。你的員工，身上的怨氣很重唷！」柳逢時斂起笑容，臉上像是鋪上了一層寒霜，冷然說道：「蕭安聞，身為蕭分部的分部長，你看不出你的員工身上有累積過多怨氣嗎？這樣的人你也敢留在身邊，要說你是太過無感，還是你認為留下他也沒關係？真是這樣，作為一個分部長是不是太過失職？」

「你敢說遇到這樣的狀況，你不會想要保護你的員工嗎？更別說是整體事件，根本不是你所看的那樣，不然我也不會出現在這裡，大可讓你直接檢舉我的員工，也不需要這麼自討沒趣的跑來這邊找你。」蕭安聞吸口氣道：「雖然解釋很麻煩，你還是要聽我解釋，因為他是我的員工，我還是要替他負責。」

「我明白，這是分部長的職責。」柳逢時抬手，請蕭安聞說明。

「柳，你也知道。冥使也有屬於自己的堅持跟心願，就算挺著胸膛認為自己沒有錯，行走的方向是正確的，這部分的堅持，也算是『怨』的一種。我們都知道，雖然怨不會思考，只會找上足以吸引它的『同類』，但外在招徠的怨氣若是累積過多，還是會找冥使的麻煩，因為它們的目的是要讓人心陷落。」

「就算怨不會思考，也是會偵測到對它們有害的生物是哪種呀！」柳逢時嗤聲笑著。

雖然冥使的六瓣花印記是很方便的偵測怨氣和怨魂之物，但遇上狡詐厲害的惡靈，它們也一樣可以感知出冥使的位置，進而躲避。

不然冥使平常也不會用法術或是分部的特製皮手套遮蓋住花印記，以免無意中對外透露出自己的方位。

「縱使冥使的工作是『捉魂收怨』，但遇上這種不屈不撓，就是要幹掉你的怨氣，除非找上源頭，否則很難完全根除。」蕭安聞無奈嘆息，似乎對自己的員工感到不值。

「你這意思是？」

柳逢時不是傻子，自然明白蕭安聞的意思。

「他是三個月前外出處理一場任務後，便出現這樣的狀況。」蕭安聞認真說道：「至今我們分部沒有打算對那地方動手的原因也是如此。根據我們的測試，進入過那邊的冥使都會被那裡的怨氣纏上，我只能透過觀察短暫遏止，不讓那樣的狀況擴張，但是……」

蕭安聞抬起眼，瞟了柳逢時一眼。

不用說太白，一切意思盡在無言中。

簡單來說，最後還是被柳逢時攪局，打亂了蕭安聞的計畫。

「嗯……」柳逢時雙手支著下巴，抵唇思考，「真是這樣，你的做法倒是沒錯。」

不打草驚蛇，絕不做沒把握之事。

這也算是冥使處理任務必要的方針之一。

「耶，這樣我跟鳴不是會被怨氣附身？」

皇甫洛雲驚悚了，抬手摸著自己的身體，深怕身旁有個一團噁心物黏在自己的身上。

「別擔心，皇甫小弟。」柳逢時笑笑說道：「我很肯定怨氣沒跟上你。」

柳逢時這席話讓皇甫洛雲聽得一愣一愣的，別人都中招，為什麼柳逢時會這麼確定怨氣不會黏到他身上？

「分……」

一直以來，不，或許是從他加入柳分部開始，皇甫洛雲老是覺得柳逢時知道很多屬於他的事。但每次他想要問，柳逢時都很故意的轉移話題，不讓他問上半句問題。

皇甫洛雲想要問柳逢時，但蕭安聞眨著充滿詫異眸光的雙眼，插話道：

「皇甫學弟也有一起去？你和連殷鳴一起去？」

同時蕭安聞抬眼上下打量著皇甫洛雲，看看他身上有什麼不對勁的地方。只是不管他怎麼看，都看不出皇甫洛雲有被怨氣附體的狀況。

這讓蕭安聞忍不住抬手抵著下巴，仔細觀察。

「學長，我是分部裡第一個查探的呀！剛才分部長不是說了？」皇甫洛雲好笑說道，他當然有去過，為什麼蕭安聞一直認為那地方只有連殷鳴一人前往。

「皇甫小弟還去了兩次。」柳逢時補充道。

「兩、兩次！」蕭安聞驚悚了，「我的員工進去一次就被纏上了，皇甫學弟你還去了兩次！太厲害了。更別說你居然跟那個連殷鳴一起去，你沒有被他宰掉嗎？」

「沒有啦！我是這裡的大菜鳥，一點也不厲害。還有，我跟鳴一起出任務很奇怪嗎？」皇甫洛雲無奈解釋。

嗯，沒被怨氣纏上真的很奇怪？

該不會是冥鐮的關係？不過當時連殷鳴也在那裡，一起過去的他也平安無事，沒有被怨氣纏身的跡象，對於蕭安聞方才那句話，必須要打上一個大大的問號。

怎樣的狀況可以讓進入社區的蕭分部員工淪陷，而不屬於那區域的柳分部員工卻平安無事？

柳逢時自然也明白這個道理，他沒有刻意去戳破蕭安聞這個疑問，淺笑說道：「蕭，關於你的員工被鳴打傷，又被我送去審查，而原因你也是剛才跟我說，我才明白這前因後果，關於我先武斷處理你的員工怨氣上身的問題，而沒有提前諮詢你一事，我深感抱歉。」

「柳，晚了……」蕭安聞點頭又搖頭，他長嘆口氣，吐出的盡是滿滿的無奈。

柳逢時都已經舉發了，現在說什麼也太晚了。

「這樣好了，不如讓我的員工幫你處理那塊地的問題？」柳逢時提出自己的意見道，「不知道為什麼，我的員工去你的地盤都沒事。這樣也剛好，讓我的員工協助你處理任務，早點找出怨氣附體的源頭，將這份報告提出去，讓下面的人知道他是有原因地被附身，而不是怨氣長年累月地累積。這樣你的員工也不會被暫時解職或永久離職，不用繼續在下界可憐的被徹查，直接放回，你覺得如何？」

蕭安聞猶豫很久，不知道這頭該不該點下去。

「別猶豫了，這是難得的好機會呀！」柳逢時笑著說道，「我想，你也只有這條路可以選擇？」

「我知道了。」蕭安聞思考許久，嘆氣妥協，「這就拜託你了，柳。」

說完，蕭安聞揚手，拿出一個通體全黑的圓鏡。

柳逢時見狀，打開中間抽屜，拿出與蕭安聞手中一模一樣的鏡子。

蕭安聞將鏡子對向柳逢時，而柳逢時也一樣將鏡面朝蕭安聞映去。

鏡面無法映照出彼此，而上面自動浮現出一道瞬間湧起的血色文字。

『分區合作。』兩面鏡子同時顯現出來後，字跡驀地消失。

「這樣就可以了。」蕭安聞收起鏡子，點頭說。

「……這是什麼方便東西？」皇甫洛雲看得一愣一愣的。

「皇甫小弟，這是冥鏡。」柳逢時將冥鏡收起，嘻笑說道：「這可以跟各分部冥使聯繫，也可以觀察自己分部的冥使，這東西很好用呢！」

皇甫洛雲聞言，寒了一下。

也就是說，柳逢時可以透過這面鏡子監視他？

不，是已經用了吧？不然連殷鳴那時候也不會說柳逢時在關注他的動態。

「那我先離開了。」蕭安聞又補充說道：「你們可以派人過去了，不過柳你們還是要小心一點，那地方從外面看，真的看起來一點狀況也沒有，它真正恐怖的，是它的——『內在』。」

皇甫洛雲聽到蕭安聞這席話，眸中透出些許的不安。

蕭安聞看皇甫洛雲露出緊張的模樣，以為他在害怕，便拍了拍他的肩膀，要他放輕鬆。

確定好所有事情，蕭安聞也該處理自己分部的事情，他對柳逢時輕點頭，表示自己也該回去了，正當他要離開時，柳逢時喊住了蕭安聞。

「蕭，等一下，我還有一件事要跟你說。」

蕭安聞回過頭，迎上柳逢時那帶著笑容的臉色，眉頭忍不住重重地挑起。

「什麼事？」蕭安聞斂起眸色，掩蓋心中疑問，輕聲問道。

「等到事情告一段落，我希望你不要靠近皇甫小弟，我想，原因你應該知道的。」柳逢時認真說道。

「等一下！我跟他是同一間學校、他也是我的直屬學長，不靠近很難耶！」皇甫洛雲立刻大聲說道。

先前有一個劉昶瑾案例，皇甫洛雲知道柳逢時這句話的意思，但他不希望自己因為工作，而少了大學學長的相助。

畢竟，有一個好的直屬學長，可是可以讓自己的大學生活過得安穩的條件之一。

「唔，這麼說也對。」柳逢時想了想，提出折衷方案，「好吧，不要談到分部跟任務的事情就好了。就跟你那個同學一樣，我想他昨天應該有特別提醒你？」

皇甫洛雲聞言，啞口無言。

柳逢時的監視還真的密不透風，連他昨天跟劉祖瑾的對話都略知一二。

「皇甫小弟你別誤會。」柳逢時嘻笑道，「誰叫你昨天拿柳分部的通訊符聯繫非本分部的人，我當然要關心一下啦！」

可能是因為蕭安聞還在現場的緣故，柳逢時也沒有說得很白，僅是含糊帶過。

「……下次我會注意。」

劉祖瑾已經給他劉分部的通訊符，大不了下次找他就直接用劉分部的符。

接著柳逢時將目光移到蕭安聞身上，蕭安聞見狀，心知柳逢時要他離開，便藉著柳逢時的屋靈瞬間離去，隨即，柳逢時又將話題拉回到方才討論的話題上頭。

「皇甫小弟，有件事我需要提醒你。」

「什麼事？」皇甫洛雲納悶問道。

「不論是蕭分部還是劉分部，我希望你可以記住，你是我柳分部的員工，你做的任何事必須要以柳分部的利益為優先。」

「因為地盤的關係？」皇甫洛雲有注意到，蕭安聞很在意「地盤」這個概念。

只是連殷鳴是以「任務」為主，他根本就不把「地盤」放在心上。

「是的。」柳逢時吐出含糊不清，摸不著任何邊際的話語說道：「姑且你就當作是地盤問題吧！皇甫小弟。」

陸・諮詢者回歸

劉衵瑾甫一踏入自己所生長的地方，輕鬆地到處張望。

他會出現在這裡，也是因為劉分部的報告、以及皇甫洛雲對他說的經過，讓他不得以暗地回到這處所在。

只是這一來，卻覺得此地變得有些怪異。

他離開老家去大學上課也只不到幾個禮拜，周遭給他的感覺有些說不出的違和感。是因為劉、蕭分部對調的關係，附近的魂靈分布出現些許的改變。

而真正讓劉衵瑾在意的，應該是搭火車時，無意中瞟見的遠處社區，那裡被一層厚厚的黑藹包圍。

這異狀讓他無法釋懷。

那地方以前屬於劉分部的邊緣地帶，有點靠近柳分部，以前那附近區域常常發生柳、劉的地盤任務糾紛，但因為兩間分部的分部長——劉衵瑾跟柳逢時對地盤概念非常的淡薄，他們有個共同的想法，就是「任務」與「除怨」至上。

而過去屬於劉分部的所在，現在則是蕭分部的地盤。

看劉衵瑾比較在意的，莫過於附近駐紮的冥使事務所有蕭、柳兩間，他不明白那邊那麼明顯的黑氣怎麼現在才有人發現？

劉衵瑾半遮著眼，看著自己的左手手背，在那裡有著屬於冥使印記的六瓣花印記。如果沒有人注意到，原因可能出自於「他」自己己身。

他所持有的器具本身就能夠讓他看見其他冥使無法視見之物。

劉昶瑾來到那處社區外頭，看著濃郁到無法無法化開的黑暗，他抬起左手，手背上的花印記發出黑與白色的光彩。

他將手伸了進去，黑暗像是畏懼著劉昶瑾，自動退下，讓出一條通道。

劉昶瑾抬起腳步，像是散步似的，踏入其中。

甫一進入，刺鼻的氣味與怨氣的腐蝕氣息灌入鼻腔，劉昶瑾皺起雙眉，抬起手將周圍的空氣「清淨」一下。

通過通道，內部完全現形，但內中的狀況讓劉昶瑾種種挑眉，打量著周圍。

黑暗侵蝕到了「內部」，隨處都可以見到盤附各處的怨氣惡靈。

此地儼然是天然的飼養惡魂與怨氣的所在地，這樣的地方很危險。

劉昶瑾不動聲色地直接走到一名青年的身旁，左手溢出淡淡的白色光芒，他揚手直接將光芒打入對方的身體之中。

「啊啊——」瞬間，青年發出慘叫，瞬間化成一片片黑色碎片沒入地上。

劉昶瑾順著青年消失的地方望去，他「看到」這片土地的下面有很多很多的人。

那像是網子一樣，許多黑色的絲線將那些人一個個串連在一起，共享生命，也是共享著魂魄。每具身體都牽著自己的魂，身體像是一個牢籠，每個魂都無法離開自己的身體。

當他把青年打下去時，也順道截斷了黑線對青年的控制。

青年的魂因為被劉昶瑾打成碎片，脫離了地下的身軀，原本共享他人生命的身體頓時萎靡，生命霎時退去，皮與肉瞬間枯萎，變成一具乾巴巴的乾屍。

「吼——」

聲。

劉昶瑾這舉動讓原先沒有注意到劉昶瑾靠近的「行人」全都聞聲轉頭，皆發出怒吼叫聲。

他看著附近，半抬著左手，看著顯現而出的花印記。

「生死輪迴已經失序了嗎？」

唇中吐出淡漠的嗓音，劉昶瑾抬起頭，雙眸半瞇地看著包裹住社區的黑色霧氣，抑或是刻意製造出來不讓人察覺的結界。

這應該是有心人的作為，他的目的是為了什麼呢？

那些盯著劉昶瑾的慍怒人們，黑色怨氣從他們的軀體溢出，包裹住他們的身體，露出張牙舞爪的神情。

劉昶瑾見狀，又忍不住皺緊了眉。

——他可以聽到那些人「魂」的吶喊聲。

那是絕望的吶喊，盡是哀號慘叫，只求有人能夠讓它們解脫，那些如泣如訴的聲音只求人們得以聽見，讓它們從這塊所在掙脫。

擾人的叫聲讓劉昶瑾將右手挪移到自己的左手，手上的花印記光芒改變，綻出耀眼的白光。

正當他要動手之際，劉昶瑾聽見了人之聲。

「等一下！不要打草驚蛇呀！」

劉昶瑾順著聲音望去，發現遠處有一處暗色身影，他見狀，身影頓時消失，來到大廈之上。叫喚他之人是一名身穿冥使制服，內襯是淡藍色的。

「蕭分部？」劉衵瑾出聲問道。

當初兩間分部交接時，都是由副手完成，劉衵瑾對於蕭分部的冥使認知只限於內襯衣服顏色。

「是的，你是柳分部的人嗎？分部長有告知我，這次是雙方合作任務。」

蕭分部的冥使見劉衵瑾身穿便服，無法判定劉衵瑾的實際身分，只能隨便推敲。

「不是。」劉衵瑾搖頭回應。

這聲答覆讓冥使先是一愣，後揚聲道：「既然不是柳分部的冥使，那還請你離開。」

面對這突來的閉門羹，劉衵瑾先是一愣，後問：「我可以問原因嗎？」

「『地盤』呀！你的分部長沒有告訴你分部的地盤不能被別人亂踏嗎？」

「……看到這裡的狀況，你還要討論這無謂的地盤意識？」劉衵瑾吐出慍怒嗓音。

「我們已經找柳分部的人幫忙，所以其他分部的人還請你們回去。」

「真可笑。」劉衵瑾冷然說道：「無巧不成書，這事態不是拘泥在墨守成規的規定上。」

劉衵瑾轉過頭，不打算繼續搭理蕭分部冥使。

「——事在人為呀！」

嗓音傳入劉衵瑾的耳中，劉衵瑾聞言，激動的轉頭，瞇起雙眼危險說道：「你剛才說了什麼？」

「我沒說話呀！」蕭分部冥使納悶說道：「你幻聽了吧？總之，既然你不是柳分部的冥使，基於地盤因素，我們必須要請你回去，另外——你是哪間分部的冥使？」

畢竟他要回報社區狀況，有必要的話，可能要將劉昶瑾的事情一起回報回去。

「這嘛，你只要知道我不是柳分部的人就好了。」

劉昶瑾也不想繼續與蕭分部的冥使廢話半句，直接轉身走人。

但離開前，劉昶瑾淡然地抬起頭，微瞇著眼，不著痕跡別過眼。

在這塊被封閉的所在之上，他看到了一個巨大的迴圈。

然後，在迴圈之下，他看到一抹熟悉的身影。「難道……」

但劉昶瑾沒有追上前的衝動，僅是垂下眼睫，半瞇著眼注視著那遠處的人，思考著那位蕭分部冥使所訴說的話語。若是柳逢時跟蕭分部聯手處理此地之事，那代表著這裡沒有他想的這麼單純？

面對突然進入，又突然離開的劉昶瑾，蕭分部的冥使露出嫌惡的神色，地面上霎時浮現出淡淡的黑氣，沒入他的身體之中。

瞬間，他的身形瞬間化成一片片的黑色碎片，沒入地上。

然後，一抹人影驀地來到劉昶瑾方才所站之處，露出嘻笑笑顏，吐出極度諷刺的嗓音。

「所以，事在人為呀！」

那人摸索口袋，拿出一塊塊的黑色結晶，手掌向下，結晶化成黑霧，滲入地上，散在空中。

「我說的沒錯吧？劉昶瑾同學？」他發出調笑般的嗓音，發出煞是覺得可笑的狂笑。

那人身後出現另外一道身影，他好笑道：「你也該跟他們打聲招呼了，認識的人，總該打著照面吧？」

身影呆板點頭，隨即消失不見。

他看著離去的人，對於接下來的事態發展格外有興趣。

「有機會的話，釣上的，會是『兩個』。」他嗤笑道。

一切的計畫皆順利進行，他揚起手，再度撒下黑色的結晶。

「鈴、鈴、鈴——」鈴鐺聲有如喪鐘一般，繼續在社區之中迴盪。

「阿、阿昶？」皇甫洛雲現在心底只有無數個訝異。

他看到了啥？

他看到他的好兄弟劉昶瑾出現在他眼前啦！

「對，是我。」劉昶瑾說：「不然你以為是鬼嗎？」

「阿昶居然會到我家找我，我嚇到了。」

皇甫洛雲今天沒有課，他打算早上先睡飽，等到下午再去找柳逢時，看看他什麼時候再過去社區調查。

只是他沒想到，家裡門鈴響了，一打開門，他居然看到劉昶瑾。

「有事情要問你。」

「問吧。」很難得劉袒瑾有事情要問他，這可是比撿到鑽石黃金的機率還要低。

「……算了。」

劉袒瑾嘆氣了。

「阿袒你要問快點問，你幹嘛嘆氣！」皇甫洛雲心靈有點受創，怎麼劉袒瑾給他的感覺像是很篤定他回不出問題？

「給我柳逢時的通訊符。」沒辦法之下，劉袒瑾只有想到這個方法。

「嗯？你要找分部長，不是可以用那個圓圓的冥鏡？」皇甫洛雲想到柳逢時跟蕭安聞的黑色圓鏡。

那個可以跨分部通知的東西，劉袒瑾怎麼沒有使用。

「不錯，連冥鏡都知道了。」劉袒瑾吐出讚嘆的嗓音，又道：「只是我不想留下紀錄，我還是需要用你的符。」

話都說道這份上，皇甫洛雲只好將符紙拿給劉袒瑾。

「柳，是我。」

掐著符紙，劉袒瑾甫一說完，符紙發出嗡嗡作響。

「心血來潮想要回來看看，發現了一點事情，想要問你。」符紙又發出嗡聲，劉袒瑾繼續說道：「你知道劉、柳分界，以前你那邊常收到我部下投訴的地方？」

符紙嗡了一聲，回答了劉袒瑾。

「那裡的社區出現異狀。」

「啊！該不會是我去的地方？」皇甫洛雲插嘴說道：「那邊是我走陰間路過去的，我還不知道那邊的正確地點，阿昶你知道嗎？」

如果知道位置，他就可以先騎摩托車過去觀察了。

劉昶瑾聞言，抬起右手，直接朝皇甫洛雲的腦袋巴去。

「痛——阿昶你幹嘛打我！」皇甫洛雲吃痛叫道，不理解他哪裡做錯。

「別陷太深，如果你還想要正常度日。」勸諫的話語吐出，劉昶瑾繼續跟柳逢時說道：「給你一些情報參考，就當作我閒來沒事回老家，發現一些狀況，跟當地的分部報告。」

接著，劉昶瑾稍微將社區內的狀況說出。

而一旁的皇甫洛雲聽得一愣一愣的。

怎麼劉昶瑾看到的跟他所見的不太一樣？

劉昶瑾交代完畢後，將黃色符紙遞還給皇甫洛雲。

「皇甫，柳要我跟你說，你和甄宓一起去社區調查。」

「嗄？」皇甫洛雲傻眼，上次是他跟連殷鳴去，這次應該也是一樣的人馬吧？

雖然不用被連殷鳴拿槍威脅是很開心沒有錯，但柳逢時這做法又讓他有些不安。

「連殷鳴讓蕭分部的人被柳逢時檢舉，他們應該對連殷鳴很不爽，保險起見，還是你跟甄宓一起去那邊合作調查。」

「……這樣連我也要擔心我的小命吧？」

開什麼玩笑，他也是當事人之一那些人應該也會不爽他吧！

「不會，柳跟我說，你是蕭分部長的學弟，他們不會危害你的。」

「嗯？阿祁你會叫分部長『柳』，那為什麼你會叫學長『蕭分部長』呢？」

雖說禮貌很重要，但分部長與分部長之間的稱呼關係他還是很在意。

「我跟柳熟，但我不認識蕭分部長。」

淺短的一句話道出了原因。皇甫洛雲納悶問道：「你們交接地盤時應該見過面吧？」

「那時候蕭分部長有事，請他的副分部長處理。」劉祁瑾說：「無巧不成書，我總覺得那個分部長想要躲我。」

「真得嗎？」皇甫洛雲嚇到了，「阿祁你的直覺一向都很準，他該不會真的在躲你？」

皇甫洛雲聽到劉祁瑾吐出「無巧不成書」這句詞語時，心底更是不妙。劉祁瑾真的遇上難解事情時，他都會不自覺地吐出這句話。有聽過他說這句話的人很少，但有聽到的人會知道事情很嚴重。

先前他找劉祁瑾諮詢事情時，他都沒有說過這句話，現在聽見後，反而對自己接下來的任務感到緊張。

「別緊張，只是猜測。」劉祁瑾安撫說道。

「可是你那個比烏鴉嘴還要準的定番臺詞出來啦！」皇甫洛雲頓時有想要直接落跑的衝動。

媽呀！他為什麼要期待劉祁瑾找他？

今天根本也是不宜出門的日子呀！

「有甄宓跟著，應該不礙事。」

「……我現在只想要請鳴跟我去。」皇甫洛雲悲劇了。

「哈，有什麼狀況，再用我的分部通訊符找我。」劉昶瑾淺笑道：「週末結束前，我都會留在這裡。」

皇甫洛雲低眉思考，今天是週四，也就是說，他還有三天時間是嗎？

「我知道了。」皇甫洛雲長嘆口氣，看來他要提早跟甄宓一起去社區調查了。

「對了皇甫。」

「嗯？」

「你有沒有想過要先去那對高中生所在的高中，問他們事情？」

「啊！」

劉昶瑾這一題點，皇甫洛雲吐出詫異嗓音。

對呀！他知道那對高中生讀哪裡呀！他為什麼不先去找他們？

「去吧。」劉昶瑾拍了拍皇甫洛雲的肩膀道：「你應該可以去找他們了。」

皇甫洛雲來到淮湘高中，時間十分剛好，放學的鐘聲剛好響起，學生們陸陸續續的從校園內走出，他注意著出來的人群是否有那對高中生。

過了一段時間，他終於看到「目標」出來，只是那對高中生中間夾帶著另外一個男孩子，那個人面對著那對高中生，模樣看起來有點熟悉像某店員，但看氣氛似乎有點不妙？

「渾蛋！你跑去哪裡了！」只見上次那個追殺他的男孩子，怒氣沖沖地對著那個人大罵。

「啊啊，南斗，北斗出現了就好，你不要生氣呀！」上次見到看起來怯生生的女孩子，則惶恐地安撫著男孩子。

糟糕，他們好像吵起來了？

如果他這時候上前跟他們打招呼，一定會被颱風尾掃到吧？不過幸虧那三人剛好吵起來，他也可以藉機得知他們的名字，待會也好打招呼。

皇甫洛雲決定先觀察他們看看。

「陸儀，別吵！我就是氣不過！」可追殺他的男孩子南斗不領情，繼續大喊，「你這渾蛋失蹤三個月，只留下信說你在哪裡，要我跟陸儀去找你，結果呢？那是什麼該死的地方，你說呀！」

從旁經過的學生們甫一聽到那個南斗的暴怒嗓音，像是司空見慣一般，發出細微的交談聲。

「你跟文姑娘沒事就好了吧！」被罵的男孩子北斗不以為意，一邊聳肩一邊微笑地說著。

皇甫洛雲同情地看著那被夾在中間的女孩子陸儀縮了縮脖子，對著她周圍紛紛走避的同學們露出抱歉的眼神。他沒想到自己居然看到什麼三角戀的戲碼，被夾在中間的女孩子還真可憐啊……

更別說是當事人兩隻不以為意，還在吵，唉。

想到這裡，皇甫洛雲嘆氣了。

「司北斗！你再說一句廢話我就滅了你！」

「南、南斗……」就見陸儀不安地拉了拉南斗的衣袖。

北斗抬手對陸儀做出安靜動作，對南斗說道：「我沒有去哪裡呀，司命你可以鬆手嗎？這裡這麼多人，你這樣殺氣騰騰地拉著我，有同學以為我們要打架，叫教官過來那該怎麼辦？」

「對呀，南斗，北斗出現了，你也不要這麼生氣。」

「陸儀妳人真好，妳繼續說，或許司命會放過我的。」

「你這個失蹤三個月的禍害！說，那邊到底是怎樣！」

「噯，我都說我要去調查點事情，可能會消失一段時間，你就不信，怪我囉？那邊的狀況讓我有點喪失時間觀，誰知道一出來就過了三個月，而且還已經開學快一個月了，所以我不就先來這裡了？」

「你這個說謊的傢伙，你以為我會信嗎？」

「司命別這樣……陸儀，幫我跟司命說說？」

「北斗，別鬧了！」

北斗見到南斗眸中透出的狠戾眸光，只好舉雙手投降，靠近壓低嗓音，兩人道了幾句話。

話完之後，皇甫洛雲就見北斗揚高嗓音，向後跳了數步，轉過身，揮手說道：「好啦好啦，我知道了，司命回家見。」接著北斗露出一抹詭譎的笑跑離那兩人身邊。

——可惡！是發現有人在旁邊偷聽嗎？真想知道他們到底講了什麼……

只能隱隱約約聽到什麼「行蹤」、「腦袋」、「感情」和「離開」等等關鍵字，反而讓一旁的他八卦魂被搔到癢處，非常想要直接衝上前詢問清楚。

柒・文家冥使

皇甫洛雲渾然不覺自己已經忘記一開始來找北斗和陸儀的初衷了，直到那名叫北斗的少年朝他跑去，他與少年的眼神迎上，瞬間感受到一股莫名的惡寒感，他才想起來自己的任務。

他想要攔下少年，但又像是感覺到了什麼，視線轉移到校園內，看到那一對先前高中男女。

少年輕推眼鏡，像是嘲笑似地，露出一抹冷笑，他推著少女往前，來到皇甫洛雲的身旁，然後腳步停下。

皇甫洛雲狐疑地看著少年，不知道對方要出什麼招，向後退了一步。

「陸儀。」司南斗看了皇甫洛雲一眼，對文陸儀說道：「還記得我們的約定嗎？」

文陸儀聞言，身體發出幾不可見的顫動，她默默地抬起手，抓住司南斗的外套袖子。

「唉。」司南斗發出長嘆，對文陸儀又道：「見招拆招吧。」

「可是南斗……」文陸儀小聲喊住司南斗。

司南斗斜著眼望向文陸儀，鏡框下的雙眸此時沒有了任何屬於人的溫度。

那是冷然的眸光。

「別忘了，我們的約定。」

然後，司南斗張起唇，還想要說些什麼，這時他的手機發出響聲，他嘖聲拿起手機，按著按鍵，雙眼盯著螢幕許久，抬眉惡狠狠地瞪了皇甫洛雲一眼，又叫住文陸儀。

「陸儀。」

「嗯？」文陸儀不解望向司南斗。

「妳要跟那個人走。」司南斗將手機收起，有些無奈地拍了拍文陸儀的肩膀說道。「妳不要問我原因，總之妳要去幫那個白痴，我需要妳跟他走。」

「什麼？南斗……我會怕那些人。」文陸儀抓住司南斗的手臂，不安回道。

「怨魂都不怕了，妳不需要擔心人，妳也不要忘記妳的身分是什麼。」司南斗安慰文陸儀，微低著頭，在她的耳邊說幾句話，「如果對方太過分，大可翻桌走人。」

「這樣好像很沒禮貌？」文陸儀緊張的嚥下唾沫，司南斗這方法也太激進了，更別說是他要自己跟著皇甫洛雲走。

「一點也不，對付冥使，這招十分有用。」司南斗抬手推眼鏡道，「我怕北斗惹事，我要去追他，這裡交給妳了。」

「好！」文陸儀一臉快哭了的模樣說：「我會加油。」

「嗯。」司南斗拍了拍文陸儀的頭，隨即離開。

皇甫洛雲面對突然狠瞪他，又把女孩子留下來，好像要女孩跟他走，然後就離開的少年，尷尬到不知道該怎麼辦。

文陸儀縮了縮脖子，發出蚊蚋般的嗓音，「您好，我、我叫文陸儀，是、是冥使。」

這話一出，皇甫洛雲詫異不已，嘴巴張得大大的，久久不能言語。

皇甫洛雲想要問文陸儀這句話到底是什麼意思，抬手碰觸文陸儀的肩膀，在這瞬間，皇甫洛雲感覺自己的意識抛離了。

他的視線來到社區之上，也「看」到如蠶蛹一般的社區，包裹其中的怨氣越來越濃厚。相似的怨氣會互相吸引，它們不斷的聚集，匯入了一個「點」。

「叮鈴！」

鈴鐺聲響起，黑暗更深上一層。

這一次，便利商店的「清淨」被黑暗吞噬，在這同時，黑暗如潮水一般，蜂擁而至，整個社區都被黑暗包裹，再也找不到空白的區域。

「叮鈴！」

「叮鈴！」

鈴鐺又響了兩聲，隨即聲音消失。

然後，皇甫洛雲看到一抹熟悉的身影。

這一次，身影的樣貌十分清晰，沒有任何的模糊地帶。

那是身穿一襲黑衣，有著一頭暗紅色雜亂頭髮的青年，他的雙眼沒有任何一絲生者該有的氣息。

皇甫洛雲見到那名青年，想要出聲喊住他，但青年的周圍盤據了各種惡靈與怨氣，它們圍在他的身旁，發出吃吃的竊笑聲。

『溫床呀！』惡靈如是說。

『力量、力量不斷的湧出。』

「快吃。」那人張起唇，吐出冷漠的話語，「吃飽了，就要上工了。」

『遵命，老大。』惡靈發出笑聲，說道：『您是主人，您說的算。』

然後，惡靈們發出尖銳的嘯音，身影化成黑氣，不斷地在社區內竄跑著。

盤據在黑衣人身旁的惡靈們毫無節制地吸收此地的「黑暗」，只因為這些暗它們可以毫無節制的吃食。

『來吧，來吧！』惡靈愉悅說道：『我們要去進攻冥使的地盤，讓冥使們知道我們的厲害！』

——什麼？

皇甫洛雲詫異出聲，這些惡靈在說些什麼？

「……誰？」

黑衣人像是聽到了聲音，他冷然地回過頭，視線與皇甫洛雲迎上。

「冥使。」

輕吐出嗓音，隨即，皇甫洛雲聽到像是喪鐘一樣的鈴鐺聲。

「叮鈴！」

所有吞食社區怨氣的惡靈們霎時停住，停止了咀嚼口中那亂竄又活生生的美食，它們有志一同地看著皇甫洛雲。

惡靈的雙眸是赤紅色，黑衣人揚起手，朝皇甫洛雲——

揮下！

「唔啊！」

皇甫洛雲發出瀕死般的音色，視線也回到「現實」，他大口地喘氣，貪婪地吸著空氣。

——為什麼會看到「他」？

皇甫洛雲滿心疑問，對於自己眼睛所瞧見的事物露出不敢置信的神色。

文陸儀納悶地看著皇甫洛雲，似乎在想這個人怎麼突然大叫，差點倒地。

「沒、沒事！」皇甫洛雲故作鎮定道，「妳先跟我來。」

皇甫洛雲雖是這麼說，卻露出驚魂未定的模樣，文陸儀偏頭問道：「你沒事吧？」

「沒事沒事！」皇甫洛雲重復道，「我先帶妳去我工作的分部。」

縱使皇甫洛雲對方才那「驚險」的片段影像百思不得其解，他還是要先帶文陸儀到柳分部找柳逢時。

「所以，皇甫小弟你就這樣把人帶來了？」

柳逢時坐在辦公室的位置上，一臉笑笑的看著皇甫洛雲，跟站在皇甫洛雲身後，卻有些怕生，站的位置還離皇甫洛雲有一段距離的女高中生。

「呃，是她說要來的。」皇甫洛雲搔搔臉頰尷尬說道。

「嗯？不過，皇甫小弟你不說，我還以為你帶了你的女朋友過來呢！」柳逢時調侃說道。

文陸儀聞言，雙臉頓時紅得跟蘋果一樣，久久無法說話。

「分部長！」皇甫洛雲無奈道，這女的調侃不得呀！沒看到她一臉害羞怕生嗎？

「好啦，不玩你們了。」柳逢時抬起下巴，對文陸儀說：「妳要說給我跟皇甫小弟聽，還是我的員工也要一起聽？」

「能、能一起聽就一起吧。」文陸儀小聲地說。

「嗯，我們去接待室吧？」柳逢時笑著說道：「在接待室比較沒有壓力，妳可以放輕鬆一點。」

「謝謝。」

文陸儀禮貌地鞠躬，皇甫洛雲便將她帶到接待室。

「嗯，有茶有餅乾，妳可以放輕鬆一點。」一踏入接待室，柳逢時笑著說道。

文陸儀微低著頭，小聲說謝謝。

接待室內，沙發椅子的擺放位置有些改變，柳逢時和甄宓坐在一起，而皇甫洛雲身旁坐的是文陸儀，他們面對面可以看到對方，而中間有一張透明桌子，上面放著四個茶杯。

「嗚他不過來嗎？」皇甫洛雲端看附近，就是沒有看到連殷嗚的蹤跡。

「嗚他喜歡聽結果，不喜歡聽過程。」

「噢。」皇甫洛雲理解點頭。

「您好，我叫文陸儀。」文陸儀小聲地自我介紹。

「我是冥使事務所，柳分部的分部長，柳逢時。」

「副分部長，甄宓。」

「我叫皇甫洛雲，只是員工。」皇甫洛雲也介紹自己。

「對不起，我想問一下，妳姓文，是那個『文』家嗎？」

「噯，是的。」文陸儀緊張了。

這話讓甄宓疑惑了，「咦？文家不是『那個』文家？為什麼妳會跟神使在一起？」

「這！」文陸儀緊張了，這樣逼問她，她要怎麼說明。

皇甫洛雲看著文陸儀，心想著怎麼大家都知道她是從哪裡來的？

「妳……」

皇甫洛雲抬起左手，拍了一下坐在他右側方的文陸儀，這一拍，皇甫洛雲左手的花印記發出燦爛白光，黑與白色的花瓣溢出光芒沁入文陸儀的身體之中，皇甫洛雲眼前頓時一暗，思緒沉了下去。

皇甫洛雲看到一名小女孩身處於黑暗之中，女孩的身前站著一名身穿冥使服飾，而內襯衣服的顏色與面容無法辨識的男子。

女孩身前的男子拿著手中一本詭異的書，那是一本由黑色與白色線條搓揉縫成的線裝書，看起來很厚，而書的正反面的書皮是黑色與白色，正反面的書衣都沒有寫字。

那是皇甫洛雲初遇司南斗和文陸儀時，文陸儀手中拿著的書籍。

『——這都讓妳決定。』

男子與女孩像是說了很久的話，皇甫洛雲只聽到這最後那一段話。

什麼東西讓她決定？

皇甫洛雲心底納悶著，而男子抬起持書的手，手中的書緩緩飄起，無風自動地翻動起書頁。

女孩眨了眨眼，偏頭看著書本，男子揚手，書籍自動飄到女孩的面前。

『拿著它，它就是屬於妳的了。』

女孩舉起雙手，捧著頁面完全攤開的有著黑與白色的封皮書，接過瞬間，女孩的左手手背瞬間泛出白光，黑色書皮浮現白色「死」字，白色書皮浮現黑色「生」字。

那是六瓣花印記，女孩的左手在這瞬間顯現出冥使的標記。

男子看著女孩的印記，又道：『那是妳的印記，從現在起妳的靈魂屬於陰曹地府。』

女孩偏著頭，不解地看著青年。

皇甫洛雲也不懂，這個人也是冥使事務所的冥使？他還是第一次看到有人比柳逢時還要惡劣，居然逼迫一名小女孩簽訂契約。

『那本——』男子抬起手，食指比向女孩的手，很明顯地指著女孩手上的花印記，女孩愣了一愣，抬起自己的手，男子淺笑點頭，『那本，它叫生死簿。這孩子就交給妳了，如果有機會希望我們能夠見面。』

隨即，畫面停頓在這一幕。

『那是生死簿。』腦海裡，浮現出一道聲音。

『冥鐮、生死簿，是陰曹地府的三冥器之一。』

聲音說到這裡，霎時停止，皇甫洛雲的意識回歸。

他一來，皇甫洛雲看到文陸儀一臉不知所措的模樣，趕緊收回他的手。

「唷，皇甫小弟對小女孩有意思？」甄宓調笑道。

「沒有！」皇甫洛雲困窘說道。

誰知道他會在這時間神遊呀！

「居、居然是共鳴……」文陸儀發出細細的嗓音，雙眼透出不知所措的眸光。

「共……」皇甫洛雲咀嚼文陸儀的話語，想了許久，立刻往後跳好幾步，詫異說道：「等一下，妳有看到，有看到我拿到鐮刀的過程嗎？」

「嗯……冥鐮……我們的器具剛才產生了共鳴，所以有看到。」

文陸儀的答案讓皇甫洛雲想要撞牆。不管他怎麼回想，他都覺得那時摸鐮刀的自己很蠢呀！

「皇……」甄宓重重挑眉，似乎想要說些什麼，卻被身旁的柳逢時攔下。

「呵。」柳逢時發出淺淺笑音，瞇眼笑道：「皇甫小弟，你有什麼問題可以晚點跟文大小姐討論，我想，文大小姐應該有很多正事要說？」

「好、好的。」文陸儀緊張道：「關於那裡，也是北斗突然回報南斗，要他帶著我去那地方看的。北斗失蹤了好幾個月，南斗都找不到他，這次有他的消息，不用南斗說，我也會跟著他一起去找北斗。」

「南斗、北斗？等等，這名字好像很耳熟，這是本名？如果是本名，那他們該不會是神使吧？」甄宓哼聲說道：「文家好歹也是判官世家，他們不知道冥使跟神使是不一樣的存在嗎？」

「因為封口令。」文陸儀小聲說道：「南斗不准他們說出去，否則會讓北斗減他們的壽命。」

「減壽？啊啊，果然是南斗星君和北斗星君？」柳逢時對於神使身分在這瞬間了然於胸。

「我們過去那邊，發現那邊的異狀，南斗因為身分的關係，不想處理，他只能看著我處理，誰知道出現意外……」

文陸儀瞟向皇甫洛雲像是在告訴他，他就是那個意外。

「啊哈哈哈——」皇甫洛雲乾笑，這是意外，意外！

「因為冥使的出現，南斗就和我撤離，打算把這裡交給冥使處理，誰知道，那邊的狀況三個月前就已經發生，是冥使自己壓下消息，不讓別人知道。」文陸儀又說：「再加上，那邊的狀況很詭異，南斗想要趁機讓我多學，但從那天開始，過去那邊的冥使很多，南斗沒辦法讓我過去。之後就是他過來，南斗要我跟他過來，跟你們說原因。」

文陸儀說到這裡，起身說道：「我說完了，我要回去了。」

「等一下！」皇甫洛雲叫下文陸儀：「妳要不要跟我們一起處理那邊的任務？」

文陸儀偏頭看向皇甫洛雲，對他這句話有些不解。

「妳朋友把妳留在這裡會不會是這個意思？」皇甫洛雲說：「因為前去那邊的冥使都會被那邊的怨氣纏上，妳如果能夠平安出去，是不是代表妳有能力處理那邊的狀況？」

「南斗沒有跟我說可以處理。」

「但他要妳來這裡，是不是想要妳幫我們？」皇甫洛雲又說。

「……」文陸儀沒有回話，雙手不安搓揉，然後，吐出嗓音，「你不怕我暗算你？」

「咦？」皇甫洛雲傻眼，這話題是怎麼一回事？

「你不懷疑我是哪個分部的冥使間諜，想要讓你的分部評價下降嗎？」

「唷，真令人訝異，這也是星君大人跟妳說的？」柳逢時勾唇淺笑，輕聲說道。

雖然文陸儀看起來害羞怕生，但說到底，她也是跟神使行動的冥使呀！憑神使個性，他怎麼可能不會對文陸儀說冥使之事呢？

「什麼跟什麼？」皇甫洛雲傻眼，他現在完全聽不懂，他要舉手投降了。

「你不知道？」文陸儀皺眉說道：「冥使事務所是有分部的機構，每個分部都有管理分部的分部長，分部長底下還有自己的員工。會有這麼多分部，有分部長跟員工，不就是要卡那下界的空缺？」
說到這裡，文陸儀摀住嘴，發出悶悶的聲音：「還是你們都不知道？」
然後，文陸儀立刻縮起身，不再說話。
「只有皇甫小弟不知道，這的確是基本常識。」柳逢時望向皇甫洛雲，輕聲說：「我一直找不到時間跟皇甫小弟你說明，這樣剛好，趁機跟你說了吧。」
「說啥？」皇甫洛雲有不妙的預感，感覺接下來的話題會讓他連續好幾天睡不著覺！
柳逢時邪惡地勾起唇，對甄宓說道：「宓兒，妳先去看嗚在哪裡？」
甄宓輕點頭，身影倏地消失。
「皇甫小弟，你有想過，身為陰曹的代理人，真的沒有獲得什麼嗎？其實有的，冥使的業績是一種獎賞制度，也是一種提升自我價值的手段，員工累積到一定程度的業績，可以提出自己的要求。」
「活人與死人的要求是不一樣。」文陸儀發出細如蚊蚋的嗓音道。
「是的，要求是不一樣。」柳逢時繼續說道：「活人，可以提出退出需求，但這退出是要付出代價，退出之人將會失去在冥使事務所的所有記憶，但是，業績這部分是不會被捨去，活人死後業績會轉換成福報，可以轉生過著平安順遂的好日子。我想，這部分是皇甫小弟你的目標。」
皇甫洛雲苦笑點頭，這的確是他的目標。
可是失去冥使事務所的相關記憶……感覺自由的代價很高。
「死人……真的有嗎？」

冥使之中有死去的人，這讓皇甫洛雲心底訝異到了極點。

「有的，皇甫小弟。那些成為冥使的『魂』，只要完成一定額度的業績，便可以轉生到好人家，但因為他們不是『生者』，所以他們的靈魂不會『忘記』這個事實，若是轉生後，還想要繼續這份工作，他們依然可以成為冥使。」

皇甫洛雲苦笑，應該不會有人自虐吧？

「皇甫小弟，你要知道，人或是魂成為冥使不是沒有原因的。」柳逢時看到皇甫洛雲那抹笑，又道：「如同文大小姐所言，冥使，是未來的下界官員。」

文陸儀微抬起頭，點頭應和。

皇甫洛雲愣愣搖頭，「這有可能嗎？」

這應該不太可能？柳逢時先前一直跟他強調下界與人界之間的「委託」，為什麼現在又說是儲備官員？

「皇甫小弟，你知道在下界的陰曹官員對冥使的稱呼是『備位』嗎？像我們這些持有六瓣花印記的冥使死後、或是本來就是死者的冥使，目標都是成為未來的冥界官員。」

「不一樣。」文陸儀小聲地說：「我們是判官備位，而你是十王備位。」

「可是文大小姐，妳別忘了，雖然妳是『備位』，但妳可是『準』判官。」

如同甄宓離開前所言，文家是判官世家，文家冥使註定會接下判官之位的家族。

「當判官呀！」皇甫洛雲不管怎麼想，還是覺得贖身比較實在。

——下界的官員，人間的備位。

皇甫洛雲這也終於理解到他爹到爺爺的過去的信息意思。

柳逢時暗中看著皇甫洛雲，唇輕輕勾起，露出意味深長的笑。

面對皇甫洛雲沒有以往的「大驚小怪」這讓他頗感好奇，他明明已經斷絕了皇甫洛雲所有的援手，到底還有誰在幫助他呢？

「一切都是註定。」柳逢時輕笑呢喃。

既是註定，皇甫洛雲在他提起之前就明白了「冥使」的意義，他該說不意外嗎？

「文大小姐，去過那邊的妳，妳對那裡有什麼見解？」柳逢時勾唇淺笑，繼續問正事。

「我看到迴圈。」文陸儀小聲說道：「無生無死，只有當下。」人的一生就跟香一樣，只會越來越短，最後燒光，並不會有增多的趨勢。

但在那裡，持有生死簿的文陸儀看得很清楚，那邊的空間被停止，抑制住了，沒有任何的時間進入，裡面的時間也不會流逝。

每個人只能活在當下，這儼然是個永久無法脫出的地獄。

「那邊的生死循環出現了問題。」柳逢時思考道，「文大小姐就和皇甫小弟一起去處理吧！」

柳逢時用力點頭，一點也不覺得這很不妥。

「……」

皇甫洛雲文言，頓時啞口無言，文陸儀都還沒有答應他任何事，柳逢時都替他決定了。

「我最多只能過去看看。」文陸儀猶豫說道：「我不想要讓南斗生氣。」

「沒關係，看看也好。」皇甫洛雲不打算逼迫文陸儀，點頭答應。

「宓兒跟鳴會一起過去，那邊的問題，今天一次解決吧！」

柳逢時雙手交疊，拍出清晰的響聲。

於是，柳分部長替他的員工與尚未有分部的冥使下好了決定。

柳逢時先離開接待室，而皇甫洛雲和文陸儀私聊了一些事情，談完後才一起離開接待室，回到柳逢時的辦公室，只是他們才剛打開門，就聽到連殷鳴的暴怒聲。

「要我跟菜鳥跟莫名前來的小鬼一起行動？柳，你這個殺千刀的混蛋！」

「鳴，你可以不要動手。」柳逢時清淡說道。

「如果你們覺得不妥，我可以離開。」

文陸儀不希望因為自己的關係，讓別人的分部起內鬨。

「沒關係，鳴會聽我的。」

柳逢時嘻笑回應，而連殷鳴冷冷哼聲，拿出黑槍。

皇甫洛雲見狀，不妙說道：「分、分部長！」

該不會連殷鳴想要拿槍威脅柳逢時？

只見連殷鳴挪移槍口，隨便指個方向，槍口對著其中一處，手指一按，用力扣下扳機

——在這同時，皇甫洛雲聽到「碎裂」的聲音。

然後，他看到連殷鳴槍口所指的地方噴灑出黑色的黏稠霧氣。

那是怨氣。

而且還是已經濃到化不開的「怨」。

「什麼！」

皇甫洛雲大驚失色，分部怎麼會有怨氣。

「哎呀，有敵襲。」柳逢時輕鬆地挪動腳步，退到旁邊，輕鬆說道：「看來，我的屋靈淪陷了。」

「何止淪陷，還被同化了！」連殷嗚怒不可遏道。

皇甫洛雲見狀，左手招出冥鐮，不知怎地，他想到在淮湘高中校門外，看到的那些景象。

該不會「他」來這裡了？

『冥使！冥使！打倒冥使嘎！』

屋內迴盪著惡靈的叫喊聲，皇甫洛雲舞動手中冥鐮，將柳分部的「空間」劈開。

無數個惡靈盤踞在柳分部內的陰間道上，它們無一不發出淒厲吼聲。

『死吧、死吧！嘻嘻——』

惡靈與怨氣瞬間籠罩整個柳分部，皇甫洛雲將文陸儀護在身後，對她說道：「妳跟緊我。」

『嚶嚶，好恐怖唷，有生死簿的持有者嘎——』

其中一名惡靈飄到皇甫洛雲身旁，它張著血盆大口，嘴巴完全張開，朝皇甫洛雲吞去。

皇甫洛雲洛雲見狀，內心哀號，為什麼這些惡靈看到他都想要攻擊他！

饒是如此，皇甫洛雲還是揮動冥鐮，將這些不斷發出刮搔自己耳朵的尖銳叫聲的惡靈斬除。

一旁的連殷鳴跳過一隻又一隻的惡靈，皇甫洛雲揮舞冥鐮時，不斷注意著連殷鳴的動態。

「皇甫小弟，趁這機會好好看著鳴怎麼對付這些惡靈呀！」

柳逢時忙不迭地拿出符紙，看著那些朝他自己撲來的惡靈，拋出手中的黃色符紙，惡靈與符接觸的瞬間，皆發出淒厲叫聲，柳逢時手再一揚，那些被符貼上的惡靈全都被符侵蝕而消失殆盡。

確定惡靈都處理完後，柳逢時笑笑說道：「如果你擋不了這麼多怨氣惡靈，我也不介意直接動手處理。」

「柳，別開玩笑了。」

連殷鳴冷然開口，他將持槍的手負在背後，繼續跳著閃過惡靈攻勢。

皇甫洛雲的冥鐮攻擊範圍很廣，他只要將文陸儀護好，基本上他也不需要擔心惡靈靠近他自己。

他暗中關注著連殷鳴的動態，他看到連殷鳴輕描淡寫地跳過那些惡靈，從方才怨氣出現，開始一步步地跳過惡靈，連殷鳴都沒有開過槍。

連殷鳴像是踩著特定的節奏，原本想要捕捉他的惡靈，不知何時，像是被連殷鳴的節拍吸引，不知何時，攻擊停止了。

那些從最初連殷鳴開出的隙縫溢出的黑色怨氣也全都流入地面，不知何時，那些囂張的惡靈靜了。

全都跟著連殷鳴一起移動，隨他的步伐，一點一點地被連殷鳴吸引住。

連殷鳴腳踩圓圈，它們如漩渦一樣，繞成一圈一圈的，等到連殷鳴來到圓圈的正中間，那些東西也圈成一條迴圈，連殷鳴露出一抹得逞的笑，拿出黑色的槍，槍身浮現出「絕」的篆體字，槍口泛起白光，扳機扣下，發射而出——

怨氣在這瞬間化成黑色灰煙，地面滾著無數顆通體全黑的戒珠。

「壓縮過了也有這麼多？」

柳逢時低眉，吐出詫異話語。

他走向前，揚手將屋子復原。

「柳，屋靈滅了。」連殷鳴收起槍，淡然說道。

「沒辦法，只能重新找了。」柳逢時雙手環抱胸前，點頭說：「這邊的路徑還要重新整理，這可是大工程呀！」

『冥使！』

以為惡靈都已經處理完了，但沒想到，背後還有另外一批。

惡靈張牙舞爪地朝皇甫洛雲撲去，惡靈想要偷襲皇甫洛雲，但惡靈沒想到，背對它的皇甫洛雲霎時已感覺到一股危險的氛圍，下意識地緊握冥鐮，向前踏一步，再用力轉身揮砍。

動作十分流暢，幾乎是同一秒中完成，皇甫洛雲露出銳利的目光，雙手握著刀柄，而雪白鐮刀的刃部尖端瞬間將惡靈一分為二。

『嘎啊！』

惡靈慘叫，黑色的身驅化成白色黑煙，皇甫洛雲手上的戒珠又黑了一顆。

皇甫洛雲見狀，對柳逢時說：「分部長，我的戒珠裝滿了！」

「我有看到。」柳逢時拋出一串透明戒珠給皇甫洛雲，「滿的給我吧！」

「好。」

皇甫洛雲將左手的戒珠和手上拿著的戒珠交換，將已經裝滿的戒珠交給柳逢時。

「感謝你，皇甫小弟。」柳逢時笑笑地收起戒珠，然後目光移到一處地方，笑著說道：「躲在那邊的人可以出來了，你一直躲在那裡，是想要趁機綁走文大小姐？」

「……」

辦公內的空間從中間裂了開來，裡面走出了一名身穿黑衣，染著一頭暗紅髮色的青年。

「怨氣，好濃，好臭。」

文陸儀縮在皇甫洛雲的身後，看著那人身體內盤踞糾纏的怨氣，冷汗悄悄地流下，身體不自覺地顫抖著。

他身上的怨氣氣息充滿著死人的臭味和血的腥味。怎樣的人能夠讓自己沾染到身上的怨氣變成這樣的東西。

這根本不是怨，那人身上背負之物，已經快要成為障了。

皇甫洛雲看著那個人，唇微張，久久無法言語。

看到了，但他喊不出口——竟然是那傢伙！

為什麼他的眼神是那麼的冷漠，像是不認識他呢？

黑衣青年揚起手，周圍倏地出現無數個惡靈，它們發出呵呵的竊笑聲，他冷然地將手揮下，說道：「攻擊他們！」
然後，青年藉著惡靈，身子向後傾，跳入陰間路之中。
「等……」
皇甫洛雲抬起手，想要去追那名黑衣人。
連殷鳴見狀，用力壓下眉頭，喝聲喊道：「菜鳥！」
皇甫洛雲聞聲，看到朝他襲來的惡靈，他一手壓住刀柄後端，一手將冥鐮上推，刀尖向上劃出弧形，將惡靈們的頭顱割下。
然後他再滑步向前，順手斬下襲擊文陸儀的惡靈。
不知道為什麼，這一批的惡靈有些難纏。
它們發出嘻笑聲，嗤笑著冥使的斬擊對它無效。
惡靈化成黑霧，盤繞在柳逢時的辦公室裡。
柳逢時見狀，一點也不害怕，抿唇笑道：「鳴，你後退一下。」
連殷鳴看到化成霧狀的惡靈，覺得棘手地咋聲，又聽到柳逢時這番話，只想要拿東西砸柳逢時。
「柳，你──」
話還沒罵出，柳逢時抬手噓聲道：「噓，鳴你看著。」
連殷鳴皺眉看著皇甫洛雲，只見皇甫洛雲改變持著鐮刀的手勢，左手掌心抓著後柄，右手抓著前端，腳向前一踏，再放開右手，順著離心力揮冥鐮。

他用圓圈的方式舞動冥鐮，在這瞬間，冥鐮溢出了一點點的白色光芒。

看到這白光，連殷鳴忍不住壓下眉頭。

直到現在，他都不認為皇甫洛雲能夠成為冥使。

——主因在於，皇甫洛雲的器具。

不知怎地，連殷鳴對皇甫洛雲能夠「順利」使用器具一事頗有疑問。

「這會不會太順手了一點？」

連殷鳴喃喃地吐出嗓音，眼簾半遮著，思考道。

這幾年來，冥使的素質是每況愈下，找來的新冥使素質一個比一個還要差。

不知道是不是他們本來就沒有「訓練」過，只會想要拿槍或是一些現代武器耍帥，一旦發現他們只有冷兵器屬性的器具，該哀號的都會哀號。只因為那些武器對他們而言，根本就不知道該如何使用，或者該說是無用的東西。

縱使冥使都明白器具是搭配戒珠所使用的媒介，能夠配合戒珠也只有那些「古董」。但使用器具的是冥使本人，並非是器具，若是遇上真的要上演全武行的狀況時，若是冥使本身不擅長使用武器，真遇到時，那真的只有剉咧等，直接等死。

只是，皇甫洛雲的行為真的很怪異。

皇甫洛雲手中的鐮刀可不是一般市面能夠拿到的，就算是特別訂做，也應該不會無聊耍著玩。

——更別說皇甫洛雲打從召出器具後到現在，那柄雪白色的鐮刀像是他身體的一部分，使用至今，都沒有「不順手」過。

「好奇怪。」

文陸儀為了讓皇甫洛雲方便伸展手腳，特地退到柳逢時身旁，看著皇甫洛雲使用器具的動作，真的覺得很怪異。

「不需要覺得奇怪。」柳逢時半瞇著眼，看著皇甫洛雲揮動冥鐮，那白色光芒慢慢地吞噬那些黑暗，悄聲對文陸儀說著。

文陸儀聞言，張大雙眸，看著柳逢時。

柳逢時笑笑地對文陸儀回了一個微笑，淺笑道：「妳不是有看到皇甫小弟拿到器具的經過？他與妳一樣，不是嗎？」

文陸儀先是點頭，後用力搖頭，「可是，這不太一樣。」

她垂下眼，看著自己左手背上的六瓣花印記。

生死簿是她從小拿到，直到現在她都無法完整使用生死簿的功用。

但皇甫洛雲卻可以將一個只拿到三個多月的器具使用得如此順手，這讓文陸儀心底有些不平衡。

這感覺像是自己的努力被一個不認識的人打破一樣，她覺得有點不甘心。

「別覺得不甘心。」柳逢時眨眼說道，「往好處想，妳學得慢，星君大人才沒有跑，不是嗎？」

文陸儀想了想靦腆笑道：「說、說的也是。」

看著文陸儀的反應，柳逢時更加確定文陸儀和神使的關係沒有他想的這麼簡單。

「呼，清理完畢。」

皇甫洛雲的嗓音傳入文陸儀的耳中，柳逢時見狀，拍手說道：「皇甫小弟做得好。」

「沒啦！」聽到柳逢時在誇獎他，皇甫洛雲搔搔臉頰，有些害羞地說道。

「這樣不錯，趁這氣勢旺的時候，你跟鳴還有文大小姐先去處理任務吧！」

「咦？」皇甫洛雲大驚，「現在？」

「現在。」柳逢時耐心重複道。

「宓姐呢？」皇甫洛雲傻眼，怎麼才一下子的時間，人數就被扣一了，人也消失了。

「宓兒要幫我處理這裡。」柳逢時笑著說道：「皇甫小弟，你應該不會殘忍到讓我一人處理這裡的……慘狀？」

柳逢時刻意頓聲，張望附近，讓皇甫洛雲可以看看現在的柳分部的分部長辦公室。

皇甫洛雲見狀，道歉說道：「對不起。」

「沒關係，不需要介意。」柳逢時笑道：「皇甫小弟，麻煩你們去處理位在蕭分部的任務了。」

皇甫洛雲對柳逢時點頭，便帶著文陸儀和連殷鳴一起前往那處地點。

看著離去的人，柳逢時斂起微笑，轉身看著他的身後屬於他的辦公桌位置。

「劉袓瑾同學，你來晚了，你的同學走囉！」

「沒關係，我找的人是你。」劉袓瑾站在辦公桌旁邊，手壓在辦公桌上，輕聲回道。

「哪陣風讓已經去他處的劉分部長決定跑來這裡？」柳逢時揶揄說道。

「我已經找過皇甫了。」劉袓瑾淡淡說道：「你們查的那地方，有深淵。」

此話一出，柳逢時重重挑眉說道：「死魂？」
「嗯，死魂。」劉袓瑾眼睫降下，半遮住眼道：「屍體都在地下，不過我想，你們應該沒有辦法將埋入底下的死者屍身拖出來，因為那是利用深淵開道，進而將那些人埋入其中，讓他們無法得以見天日，永遠地留在那邊重複地過著『現在』。」
「這還真的是大手筆。」柳逢時挑眉說道：「做出這件事的人到底是何方神聖？」
「我需要說出我的見解嗎？」劉袓瑾雲淡風輕地說：「我倒是覺得，這是『同業』所為，他們這麼做，一定有他們的目的地。」
「刻意製造怨氣又有什麼用？」柳逢時口吻略微不耐道：「以前有很多血淋淋的案例，究竟是誰這麼想要觸法？」
「這我就不知道了，調查工作該是你做，而不是我。」劉袓瑾想了一下，又道：「或許，這跟現在來找你的那位冥器持有者有關。」
「嗯？劉袓瑾同學，你這樣挺不上道的。」柳逢時噗哧笑道：「感覺這是神使才會說的話，我們冥使應該要互相幫助，而不是相互陷害拖下水吧？」
「你覺得我像是會互相陷害的人嗎？」劉袓瑾冷冷說道：「我想你看到冥器持有人自動出現在你的面前，你應該有察覺出什麼吧？撇開這些不談，蕭柳兩間分部的共同合作調查，我這劉分部的人要怎麼做？」
「就算如此，你不擔心你的朋友？」柳逢時笑問道。
「他是你的部屬，我無權關心。」
「噯，真是無情的人。」

「你覺得呢？」劉昶瑾淡然應對柳逢時的調侃。

「是朋友也總該去關心朋友近況吧？」柳逢時笑著回應。

劉昶瑾用懷疑的眼光望向柳逢時，似乎覺得他這個提議頗怪。

「我覺得，這裡的整理工作可以先擱著，等宓兒從下面上來，沒事的你可以跟我一起過去。」

「下面是嗎？看那女人已經在『那邊』探問消息，還算你還有腦袋，知道要去查。」

劉昶瑾仰頭朝柳逢時掛在牆上的透明一針鐘。「等甄宓上來還需要一段時間，我看，我還是自己過去，用我的方式處理。」

「對了。」柳逢時很故意地說：「皇甫小弟最近很精明，你知道原因嗎？」

「你不知道的事情，我會知道嗎？」劉昶瑾避重就輕道，「我不問你，我要問誰呢？」

「我會這麼說，也是因為你是他的諮詢者呀！」

「現在他是柳分部的員工，基於職業道德，他應該不會跟我透漏有關於柳分部之事。我先去那邊待命，甄宓上來，你要過去了，再通知我進去。」

說完，劉昶瑾不給柳逢時多廢話的機會，抬起手，輕打出清脆的響指，腳下泛出一圈白光，白光湧出，劉昶瑾隨著光一起消失。

面對劉昶瑾離開的手法，柳逢時抬眼看著劉昶瑾方才站著的地方，吐出一直讓他困惑的疑問。

「……到現在還是摸不清他是用什麼器具呢。」說到這裡，柳逢時發出噗哧笑聲，「不過，他還真是敏銳的傢伙。」

柳逢時拿起冥鏡，手朝鏡子上頭一揮，影像轉換，來到皇甫洛雲身上。

「宓兒呀，快點回來吧。感覺好像要發生什麼好玩的事？」

柳逢時想到自己方才可能把劉袒瑾先弄到社區那裡，不自覺地，唇上揚，露出一抹玩味的笑。

捌・生死簿

皇甫洛雲和文陸儀踏上陰間道，來到社區之前。

文陸儀低著頭，眼角暗自朝旁瞟去，皇甫洛雲注意到文陸儀的視線，滿臉問號。

「怎麼了？」皇甫洛雲問。

「沒有，只是覺得你好像怪怪的。」文陸儀小聲說道，「最好把你的雜念驅除，使用器具的對象是冥使，如果冥使不能用最好的狀態使用器具，那乾脆不要使用。」

「唔！」

皇甫洛雲搔搔臉頰，總覺得他被一名高中生訓斥了？

「沒、沒事啦。」皇甫洛雲朝連殷鳴偷偷瞥去，小聲說道：「我們還是快點過去吧？鳴他不喜歡等人，他沒有那個耐心。」

皇甫洛雲尷尬微笑，文陸儀發出小小的噗哧笑音，跟著皇甫洛雲一起走向連殷鳴所站的位置。

看著前方的連殷鳴，跟身旁的文陸儀，皇甫洛雲微微嘆息，思緒緩緩地飄遠。

「我要打斷那些人的腿！」

姜仲寒一臉氣憤，咬牙切齒地對皇甫洛雲說著。

皇甫洛雲聞言，只能搖頭嘆道：「仲寒，撞到人要道歉，那些學長都是流氓耶！」

「流氓那又怎樣？流氓就大牌唷！」姜仲寒看著身上沾著灰塵和腳印的制服，一臉不爽道：「下次被我遇到，我一定要把他們打到哭爹喊娘的！」

「仲寒，不要到時候又是我拖著你去找教官老師和學長道歉呀！」皇甫洛雲再嘆道。

高一時，他遇上了姜仲寒，從此以後就結下了這個不解之緣。

「等到那些人都畢業了，我高三一定要當老大！」

瞧姜仲寒說得如此氣憤，皇甫洛雲雖然不想要潑他冷水，還是對他說道：「仲寒，你是不知道現在流氓也是講格調的嗎？功課不好的你，也只有小弟命呀！」

這不是皇甫洛雲在說謊，而是如鐵一般的事實。

這年頭也不知道是不是學歷至上的關係，學校的流氓比打架、比抽菸喝酒、也比成績高低，看看學校的前十名，十個裡就有一半上榜，再不濟的，他們也有個中上成績。

但反觀姜仲寒，卻是一個科科吊車尾，沒一個優良成績的學生。

想當初皇甫洛雲會認識姜仲寒，起因還是因為皇甫洛雲是以前三名成績進入學校就讀，再加上上課專心，老師對他很上心，還讓他當小老師。

也因為如此，皇甫洛雲這優等生的身分深植人心，讓很多同年級的學生眼紅。

成績好其實也不是罪過，但偏偏皇甫洛雲天生就是受不了別人哀求，只要別人求他，他就會想要幫忙。

很多人跟他借作業、請他畫重點，也有人沒錢跟他借錢，皇甫洛雲這個大好人變成全班予取予求，宛如許願池一樣，有求必應的對象。

這在同班的姜仲寒的眼裡，顯得格外刺眼。

哪有人真的有求必應、哪有人真的是不求回報，這個人真的不會拒絕別人嗎？

直到有一天，皇甫洛雲放學正要回家，卻被學長們堵到，那些人笑笑地看著他，要他借錢給他們「急用」。

皇甫洛雲知道這些人是想要打劫他，但卻又不知道該怎麼拒絕。

正當他煩惱之際，姜仲寒出現了，他將那些學長們打得滿地爪牙，並將皇甫洛雲拖離「犯罪現場」。

等到沒有人追上，姜仲寒生氣說道：

「你不懂得拒絕別人嗎？他們在威脅你，你只會順著他們的需求，達到他們想要的回報嗎？」

「我沒有呀！」皇甫洛雲苦笑道，「我只是不知道該怎麼拒絕而已。」

「不知道拒絕，可以大聲說你不要，也可以叫教官呀！你這樣呆呆的給他們當肥羊宰，又有誰會注意到你到底是願意還是不願意？」

皇甫洛雲聞言，偏頭一笑道：「可是你發現了不是嗎？不然你怎麼會打學長、又拉著我離開呢？」

姜仲寒聞言，當場傻眼。

這個人怎麼這麼蠢、這麼呆，這樣的人以後活著一定只有被人欺負的分。

這樣不行，他一定要讓這個笨蛋白痴懂得保護自己！

皇甫洛雲不知道姜仲寒是怎麼想的，對方說要送他回家，他也讓姜仲寒送。

只是他不知道，這一天過後，姜仲寒像是免費的保鑣一樣，早上要準備上課，姜仲寒會出現在他家門口、下課時間就會抓著他聊天，放學回家也會送他回家。

也因為姜仲寒的關係，同學們也不再把皇甫洛雲當成免費好用的工具，畢竟有一雙現成的凶狠目光盯著那些想要靠近皇甫洛雲的人，同學們也不敢造次。

或許是注意到姜仲寒無形中幫助了自己，只要考試時間逼近，他就會抓著姜仲寒讀書，就算臨時抱佛腳，也要抱出低空飛過的及格成績。

當然，姜仲寒也告訴皇甫洛雲一些「生存」知識，讓他知道什麼是等價交換、免費幫助別人就是對自己殘忍，天底下沒有白吃的午餐。

更別說是遇到假日，他就會抓著皇甫洛雲到處打工，兩人一起開心的當打工達人，藉這機會讓皇甫洛雲了解社會的真實面。

慢慢的到了高二，皇甫洛雲會到處玩，人也學會了怎麼交際，也認識了很多不同層面的朋友。

「喂，為什麼我有一種我被你帶壞的感覺？」皇甫洛雲莫名地想到以前，看著自己髒兮兮的衣服，忍不住感慨道：「被我爸媽知道我跟別人一起打架，他們第一時間一定會懷疑我被人教壞。」

面對皇甫洛雲那意有所指的話語，姜仲寒忍不住賞了他一記眼刀道：「如果是我家，你早就被我家的人笑到死。你你你——你比我家弟妹還不濟，皇甫小弟！」

「哎，仲寒大哥別這樣！」

有時候皇甫洛雲會和姜仲寒半開玩笑地大哥小弟的喊著，因為對皇甫洛雲而言，姜仲寒就是他的兄弟一樣，他是家中獨子，沒有哥哥也沒有弟弟，對他如此照顧的姜仲寒，就像是他的大哥一樣。而姜仲寒也是，他完全把皇甫洛雲當成自己的弟妹等級。

他們兩人說完，忍不住同時發出燦爛笑聲。

對皇甫洛雲和姜仲寒而言，他們是最好的朋友、也是兄弟。

「嗯？」

連殷鳴吐出的納悶音色讓皇甫洛雲的思緒飄了回來。

「怎麼了？」皇甫洛雲加快腳步，看著那通往社區的通道，不明白連殷鳴為什麼會吐出那樣的疑問嗓音。

「別發愣了，菜鳥。」

「我沒發呆呀！」皇甫洛雲苦笑，好吧，突然想起以前姜仲寒與自己的事情的確算是發呆。只是回憶中的那個人是這麼的陽光與負責任，他想不透那名被怨氣纏身還可以支使怨魂的那個人就是姜仲寒。

可能是樣貌相似的人？

雖然皇甫洛雲是這麼想，卻又無法說服自己那個人不是姜仲寒。

「菜鳥。」

「什麼事？」皇甫洛雲下意識地回應。

「用你的器具砍這裡。」

連殷鳴走到一半，停下腳步，不理會又在思考的皇甫洛雲，毫不客氣地差遣他。

「好，你們後退一下。」

皇甫洛雲左手手腕一轉，冥鐮上手，他揚起持著冥鐮的左手，朝連殷鳴所指的方向斬下——

空間沒有撕開，取而代之的，是「叮」的交擊聲。

內中，伸出一隻手，那隻手拿著一柄黑色的短刀，然後，持著黑色刀子的手用力將皇甫洛雲手中的冥鐮往上彈開。

「什麼！」

皇甫洛雲向後一跳，和連殷鳴視線交會，連殷鳴見狀，抬手將文陸儀拉到身後。

社區的空間扭曲，內中走出一名有著暗紅髮色的青年，他的周身盤據著各式惡靈，他抬起眼，毫無溫度的雙眼透出冷酷感。

「離開。」

『嘎啊！』

惡靈們發出狂嘯聲，皇甫洛雲被這音波攻擊擊中，痛苦地鬆開手中冥鐮，冥鐮落地化成白色碎片，他也無暇重新拿起器具，抬手遮住自己的雙耳。

連殷鳴皺緊眉，眸中透出不適感。

惡靈的聲音一波接著一波，皇甫洛雲摀住雙耳，只想要讓那些惡靈閉嘴。

隨著惡靈的聲音，夜晚的夜空蒙上一層厚厚的暗色，那像是被一塊黑色的布完全罩住，周圍的暗讓他無法適應，眼前的社區頓時化成黑暗。

「砰！」

一道槍響傳起，皇甫洛雲聞聲，揚手重新召出器具，不管方向，用力向前一揮，冥鐮透出白色的光芒，而皇甫洛雲左手背上的花印記頓時綻出耀眼白光。

『嘎啊啊啊啊——』

惡靈們發出淒厲慘叫，周圍的黑暗也在這霎時褪去，顯現出原來的樣貌。

有著暗紅髮色的青年，半瞇起眼，注視著皇甫洛雲。

皇甫洛雲壓抑內心的訝異與想要吼出的疑問，握緊手中的冥鐮，左腳向前挪移，半瞇起雙眼，觀察著眼前的人。

屏除雜念。然後，想像。

皇甫洛雲眼神一銳，腳步朝旁一轉，掠過眼前之人，舞動手中冥鐮，大喊：

「霜！」

這一喊，冥鐮發出耀眼白光，皇甫洛雲轉動手腕，輕盈地將社區的透明空間斬下！

那像是打開了一層隔絕社區與外面的薄膜，這一揮，內中的黑暗空間頓時顯露無疑，皇甫洛雲見狀，對連殷鳴和文陸儀大喊：

「你們先進去，這裡交給我！」

語落同時，皇甫洛雲再揮一刀，將黑暗割開，讓連殷鳴和文陸儀得以進入。

黑衣青年見狀，轉動手中的黑色短刀，朝文陸儀的方向射去。

皇甫洛雲揮刀阻攔，刀尖指向黑衣青年。

「不准往前，你的對手是我。」

黑衣青年見狀，半瞇起眼，斜眼注視皇甫洛雲。

皇甫洛雲緊張地嚥下唾沫，看到他的眼神，再加上先前數次的見面，讓他知道這個人鐵定是被怨氣惡靈附身到連自己都忘了。

「麻煩的冥使。」

「你覺得我很棘手？」

皇甫洛雲故作鎮定地揚起微笑，他已經決定了，既然對方被怨氣侵蝕得這麼深，那他一定要把這傢伙打醒才行。

「比我強的人有很多，如果你連我都打不贏了，更別想打贏其他冥使。」

「不一定。」

黑衣青年抬起右手，他的手上佩戴著一雙黑色手套，右手用力一捏，隨手抓住了怨氣，而他將手朝旁一拉，黑色的怨氣變成了一柄黑色的鐮刀。

皇甫洛雲見狀，錯愕了一下。

這是什麼招數？居然能夠抓住怨氣，進而將怨氣武器化？

皇甫洛雲刺探出聲，「怨氣實體化？」

記得柳逢時有跟他提過遇到這類怨靈要注意，因為它們很危險，一旦遇上一定要找同行支援幫忙。

黑衣青年沒有回應，揮動手中的黑色鐮刀，朝皇甫洛雲襲去。

皇甫洛雲見狀，揮著白色冥鐮阻擋青年攻勢。

黑與白色的鐮刀交擊，冥鐮撒下了淨化的白色光芒，黑色鐮刀發出噗滋的怨氣消散聲響與黑煙，青年瞇起眼，一點也不把這放在心上，抬起腳，毫不考慮地朝皇甫洛雲踢去。

突如其來的攻擊讓皇甫洛雲發出吃痛的聲音，手中的冥鐮也差點鬆脫，但他還是在即將脫手的那一刻抓住冥鐮。

皇甫洛雲立刻跳起，手腕輕轉，冥鐮的刀柄朝黑衣青年的腹部刺去，但他像是早就知道皇甫洛雲的動作，黑鐮揮動，將皇甫洛雲的刀柄往旁邊揮。

『老大棘手啦！』

無數個惡靈在黑衣青年的身旁飄動，惡靈發出難聽的音波，想要趁此阻擋皇甫洛雲。

皇甫洛雲聽到聲音，露出不適的眸光，揚手將白色的鐮刀朝地面輕輕一劃，一條白色刻紋浮現在地上，隨即擴散，惡靈在接觸到光的同時瞬間消失殆盡。

黑衣青年見狀，晃動手中的黑色鐮刀，繼續朝皇甫洛雲揮去。

皇甫洛雲心知不能再與他糾纏下去，左手抓穩冥鐮的刀柄，他向後一跳，右手抓住柄的尾端，他向前使出斬擊，作勢將青年的黑鐮斬斷。

青年見狀，也不甘示弱地揮動黑鐮。

鐮與鐮的交擊，發出清脆的鏗鏘聲，皇甫洛雲有想過，這一體成型的白色鐮刀可不可以拆開？畢竟刃與柄都一樣長，若是可以拆開，遇到緊急狀況時，不是可以直接捨棄刀刃，改用刀柄戳過去？

冥使使用器具可以想像。

就算研究鐮刀時，確定那是不可以拆的，但冥鐮「收回」時，是化成光點消失，那麼，他應該也可以讓冥鐮消失一半。

皇甫洛雲心下決定，在「想像」的同時，皇甫洛雲的雙眼瞳仁中間泛出點點白芒。

冥鐮與黑鐮的刀刃交疊，在這瞬間，冥鐮刀刃變成半透明狀態，持著黑鐮的青年因為少了施力點，重心不穩，身子向前傾。

皇甫洛雲見機不可失，心念一動，刀柄先是打掉青年的黑鐮，再朝青年的腹部一揮，用力將他打離社區入口。

皇甫洛雲再將冥鐮的刀刃復原，他看著躺在地上由怨氣實體化的黑鐮，他揚起手，冥鐮砍斷黑鐮。

在這同時，黑鐮化成煙霧，全都被冥鐮吸收，怨氣轉移到皇甫洛雲佩戴在左手的戒珠。

這些實體化過的怨氣，使得皇甫洛雲手中的戒珠幾乎額滿。

這讓皇甫洛雲忍不住皺緊了眉，明明戒珠才剛換過，結果又快要滿掉。

看來，下次他要抱著必死的決心，找連殷鳴請教壓縮怨氣，收納在戒珠之中的方法。

皇甫洛雲看著包裹著社區的深沉的黑暗，撇過頭，看著倒在地上，尚未爬起的青年，他沒有上前去查探青年狀況，只是將目光重新放回在社區之中。

雙方打鬥中是不允許其中一方有所遲疑，皇甫洛雲以為對方昏迷，便將注意力重新放在社區。

但青年不動聲色地爬起身，他的右手摸索地面，抓起一個小石頭，手用力一捏，怨氣重新凝聚，化成一把黑色短刀，他揚起手，作勢要朝皇甫洛雲扔去。

只是還沒有所動作，他聽到了「聲音」。

他瞇起眼，朝一處方向看去，過了數秒，他再將目光放回自己的手上。

右手鬆下，刀子掉落地上，變回了一顆石頭。

他轉過身，身形一躍，踏入空間之中，隨即消失不見。

皇甫洛雲思考自己該不該直接將社區的黑繭一次斬落，猛地，身後傳來一股詭異氣息，皇甫洛雲握緊冥鐮，立即轉身，但後方卻空無一人，就連以為昏迷的人都原地消失。

「走了嗎？」

皇甫洛雲鬆了口氣，隨即，他揮動冥鐮，斬出通道往裡面跑去。

皇甫洛雲一踏入社區，看著周圍，內心驚愕莫名。

那時找文陸儀時，看到的社區相關景象，不論是青年、惡靈怨氣，就連這地方也是真的？

此地已經被黑暗包圍，而且還可以看到黏稠的怨氣盤附在社區的各個角落。

他放眼望去，不論是建築、還是土地、抑或是植物，都裹上了一層濃厚黏稠的黑色物質。

面對怨氣將整間社區完全吞噬的狀況，皇甫洛雲心底只有想要快點找出同伴。

社區變成這樣，位在蕭分部，被此地怨氣侵蝕的冥使們會變成怎樣？

皇甫洛雲用力甩開這些想法，他現在的目地是要快點去連殷鳴那邊，將這裡處理掉。

他一來到活動中心的外圍，卻感覺到一股「清淨」的氣息，這讓皇甫洛雲下意識地停頓腳步，朝發出氣息的地方望去。

他看到連殷鳴一臉不悅地站在靠近活動中心的地方，而文陸儀是在便利商店的前面，而她身後站著那名神使高中生——司南斗。

「嗚，現在是怎麼一回事？」

皇甫洛雲跑道連殷鳴的身旁，詫異問道。

「怎麼一回事，這也是我要問的。」

身穿白與綠色相間的便利商店店員制服的少年手上拿著一把金色剪刀。

皇甫洛雲沒有記錯的話，他是另外一名神使，不知道是哥哥還是弟弟的司北斗。

「神使不是不屑做這種事？」連殷鳴雙手抱胸，冷哼說道。

「欠債還債，欠錢還錢，沒辦法，我欠城隍一個人情。」司北斗咋舌，眸中充滿不屑，然後他揚聲道，「司命，動作快一點，我沒有耐心了！」

語落同時，司北斗拿起持剪的手，將靠近他的怨氣剪除。

皇甫洛雲眨了眨眼，看著化成金光消失的怨氣，納悶說：「沒有戒珠？」

「戒珠是冥使用的，又不是我們神使的專利。」司北斗左右張望，單手扠腰道：「喂！」

「怎了？」皇甫洛雲問。

「司命跟文姑娘可以幫你們處理這裡的陰魂，但解除這邊狀況的工作是你們要負責。」

「你們不是來幫我們的？」皇甫洛雲指著周圍，詫異道。

他沒耳聾呀，可是有聽到司北斗說是欠「城隍」人情，這也是他們神使出現在這裡的原因吧？

「城隍只要我們收居住在這社區的住戶之魂，又不包來到這裡的怨氣惡靈，處理它們應該是你們的工作吧？」

司北斗說完，朝司南斗和文陸儀的方向走去。

「嗚，我們要怎麼辦？」

連殷鳴將環抱在胸前的手放掉，左手拿著黑色裝飾槍，繡著柳字的白色皮手套已經拿下，手背上的六瓣花印記發出炫目光輝。

「能怎樣，當然是找出源頭，將那東西毀滅。」

「源頭。」皇甫洛雲偏頭細想，唇中吐出不確定的話語，「我們要找的可能是鈴鐺？」

一個破舊長滿鏽蝕的鈴鐺——

皇甫洛雲握緊冥鐮，像是感覺到什麼，對連殷鳴大喊：

「嗚，這裡！」

隨即，皇甫洛雲拔腿狂奔。

「嘖！」

連殷鳴見皇甫洛雲快跑離開，暗嘖一聲，也跟了過去。

「哎呀！冥使們都跑了呢！」

司北斗抬起手，手靠在額前，看著皇甫洛雲和連殷鳴離開的背影。

「這樣也好，不會有人干擾陸儀。」司南斗將手搭在文陸儀的肩膀，捏一下道：「陸儀，妳太緊張了，放輕鬆。」

「……好。」

文陸儀縮了縮肩膀，想到司南斗方才的話語，又趕緊鬆下肩頭。

「陸儀，試著再發動一次生死簿看看。」

「我沒辦法。」

「沒辦法也要想辦法。」司北斗不悅說道。

司南斗和司北斗奉城隍的「請託」來到這個社區，也因為城隍告知的關係，司南斗才知道司北斗失蹤三個月的原因是被城隍拐去顧社區。

因為司北斗實在沒有那個顏面跟司南斗說明他不只被城隍坑了，還要幫他顧這個鬼地方，而現在還要到這裡，將這裡的異狀消除。

只要文陸儀將這地方的魂全數送回冥府，他和司南斗就可以離開這裡，不用再見到那些麻煩冥使。

思及至此，司北斗垂下眼簾，瞟了司南斗一眼。

他應該沒有忘記吧？忘記他們的約定。

司南斗沒有注意到司北斗的視線，他繼續對文陸儀說：

「陸儀，我應該跟妳說過，妳要將生死簿當作妳的身體的一部分，不要想自己『辦不到』，而是要把它當成自己，順其自然地使用它。」

「可是……」

文陸儀緊張地看著周圍，司南斗又拍了一下她的肩膀說道：「我在妳身後，妳就放心的使用吧！就跟我以前教妳的那樣，冥使使用器具需要屏除雜念，心神一致地面對眼前的惡靈怨念。」

「我知道。」

文陸儀用力點頭，她很明白，畢竟她不久之前還跟皇甫洛雲說過。

「所以，看著前面。只要想著該怎麼將那些被拘束在此地的魂全數送回冥府。」

文陸儀聞言，用力點頭，然後揚起左手，一本黑與白色的線裝書浮現在她的手上。

皇甫洛雲感覺到身後有一股熟悉的氣息，他不打算往回，繼續往前跑。

他揮動冥鐮，將那些黑煙瘴氣全數揮除，來到社區入口，到處張望。

「菜鳥！」後方的連殷鳴氣急敗壞地追了上來，他二話不說立刻揪住皇甫洛雲的衣領，大吼道：「跑什麼跑！你到底想要做什麼！」

見連殷鳴一臉想要把他宰了的模樣，皇甫洛雲緊張地嚥下唾沫，「我、我大概知道那個『媒介』在那裡，所以我才想說要快點過來呀！」

此話一出，連殷鳴鬆下揪住皇甫洛雲的手，眸中透出一絲懷疑神色。

「怎麼說呢？應該是預感之類的。」皇甫洛雲拉了拉衣領，解釋道：「我覺得那東西就在這裡。」

該說是巧合嗎？

異狀的開始都是從入口開始，如果「那東西」是影響此地怨氣生成之物，那麼，有它在的地方，怨氣一定最重。

他想起入口的怨氣是最為濃厚的。

所以，那東西一定是在這裡。

皇甫洛雲抬起左手，持著冥鐮的手朝入口砍下，然後在朝地面用力一劃——

「鏘！」

冥鐮敲擊到金屬物品，皇甫洛雲立刻抬頭看向連殷鳴。

連殷鳴默默地抬起持槍的手，對皇甫洛雲點頭下暗示。

皇甫洛雲見狀，冥鐮向上一勾，一串上頭都是鏽蝕的鈴鐺頓時掉出。

「叮鈴！」

鈴鐺發出空靈的聲響，皇甫洛雲見狀，立刻朝鈴鐺斬下。

「噹！」

鈴鐺周圍頓時浮生出黑色結界，阻擋住皇甫洛雲的斬擊，皇甫洛雲詫異地張起唇，第一次看到有冥鐮斬不開之物。

連殷鳴見狀，正要舉槍朝鈴鐺開槍時，鈴鐺自動發出了聲音。

「鈴！」

聲音迴盪，地面土壤頓時隆起，一個個被黑色絲線纏身的人形一個個破土而出。

連殷鳴槍口改指向這些人形，嘖聲道：「神使跟那個小女孩還沒搞定嗎？」

「生死簿發動也是需要時間，這部分我們只能自己想辦法了。」

皇甫洛雲的唇中吐出話語，雙眸有些空洞，而這席話讓連殷鳴忍不住將目光移了出去。

「菜鳥，你說什麼？」

「咦？」皇甫洛雲原本空洞的雙眼頓時有了生氣，他眨眼問道：「我說了什麼？」

「沒什麼。」

連殷鳴將目光移回，看著那些人形，然後，開槍！

皇甫洛雲也抬起冥鐮，冥鐮灑出點點白光，隨著他的動作而灑下點點白芒。

他一邊舞著鐮刀，將那些人形一個個消除。

只是土壤一直跑出人，皇甫洛雲和連殷鳴兩人也沒辦法處理那些東西，沒辦法之下，皇甫洛雲拿出一張黃色符紙，大喊：

「阿昶快來救命！」

話音落下，一道猛烈的白光頓時降下。

皇甫洛雲看到身穿黑色長風衣，內襯是赤色短袍的青年。

他一看到來人，大喊道：「阿昶！」

「皇甫，你叫魂呀！有必要叫得這麼悽慘嗎？」

「阿昶，我在這邊打到手都斷掉了，我想要找你幫忙呀！」皇甫洛雲急著大喊。

不過，皇甫洛雲也注意到，白光過後，他們周圍出現一條白色的圓圈，所有從土壤、地底冒出的黑線人形像是撞擊到透明結界一般，無法跨入其中。

「你要找也是找你分部的人，不用找我吧？」劉昶瑾聳肩表達自己的無奈，饒是如此，他半瞇起眼，注視附近又道：「這地方怎麼變嚴重了？」

「菜鳥！你跑去找別家的人幫忙做什麼！」

連殷鳴為之氣結，他看到劉昶瑾出來，只有想要先將皇甫洛雲槍斃的衝動。

「多一個人好幫忙呀！」皇甫洛雲雙手合十，對連殷鳴道歉道：「我想分部長他們應該還在整理分部，剛好阿昶在這附近，我就請他幫忙了。」

「你想要我怎麼幫？」劉昶瑾抬起手，拇指與中指交疊，詢問道。

「先驅逐這邊的人形吧！」

皇甫洛雲說完，劉昶瑾點頭，指與指交疊，發出清脆的響指聲。

白色圓圈在這瞬間完全擴張，黑暗如潮水一般地向後退去。

皇甫洛雲看到後，完全傻眼。

「阿昶，你怎麼辦到的？」

劉昶瑾打啞謎道：「祕密。」

然後，他看著浮在半空中的鈴鐺。

因為白光的關係，淨化的氣息與鈴鐺的怨氣互相抵抗，發出嗞嗞作響的聲音，劉昶瑾看了鈴鐺一眼，指著他說道：

「交給你處理了。」

皇甫洛雲無奈苦笑，晃著冥鐮說道：「阿昶，我的刀砍不了這東西呀！」

劉昶瑾聞言，偏頭說道：「你真的確定砍不下去嗎？」

面對劉昶瑾這席話，皇甫洛雲無奈勾唇，想著方才砍鈴鐺都失敗了，怎麼可能會成功？

「別想著失敗，想你一定要成功。」劉昶瑾朝便利商店的方向望去，淡然說道：「我去那邊看看。」

「欸欸，那邊有神使！」皇甫洛雲緊張說道。

「我知道。」

劉昶瑾輕點頭，往神使們和文陸儀所在的地方走去。

「啊啊，這不聽人話的傢伙！」

皇甫洛雲抱頭，劉昶瑾每次都這樣。

「菜鳥，讓開。」

驀地，連殷鳴的嗓音傳入皇甫洛雲的耳中，皇甫洛雲聽到後，甫一轉頭，嚇得趕緊跳到旁邊。

連殷鳴的槍口對準鈴鐺，眼睛眨也沒眨，扣下扳機，槍口迸射出強烈白光，將包圍鈴鐺的黑色結界消弭。

鈴鐺發出「鈴」聲，掉落在地上。

皇甫洛雲見狀，揉揉眼睛懷疑是不是他的眼睛花了。

「法術。」連殷鳴橫了皇甫洛雲一眼，嗤笑道：「如果只會開槍，會不會太不濟了一點。」

皇甫洛雲嘴角抽搐，回道：「……說得也是。」

「收尾就交給你了，菜鳥。」連殷鳴收起槍，指揮皇甫洛雲。

原先皇甫洛雲還以為連殷鳴把鈴鐺的結界消除，他應該會順手將鈴鐺毀去，但沒想到，他居然會拋下這句話。

既然連殷鳴都這麼說了，皇甫洛雲也不好拒絕。

他揚起手，白色的冥鐮用力揮下，這次毫無阻攔地，鈴鐺一分為二。

「喀！」

斬成一半的鈴鐺內中，滾出了一顆黑色的珠子，皇甫洛雲上前，想要伸手拿起觀看，卻被連殷鳴阻止。

「等等菜鳥。」

皇甫洛雲手一頓，望向連殷鳴，「怎麼了？」

「用你的器具將那東西淨化之後再拿。」

「啊啊，好！」皇甫洛雲差點忘記，從鈴鐺內掉出的東西，怎麼可能是一般物品？

他用冥鐮將黑色珠子斬裂，無數個黑色怨氣頓時從內中溢出。

面對突如其來的怨氣攻擊，皇甫洛雲嚇得揮動冥鐮，用冥鐮灑下的白光將那些怨氣消除。等到最後一片怨氣消失，包圍社區的黑色結界也在這瞬間化成一片片的碎片，隨著夜風，消失得無影無蹤。

皇甫洛雲像是要與自己確認般，大喊道：「解決了！」

然後皇甫洛雲和連殷鳴一起回到便利商店那邊，看看文陸儀的狀況。

「他們好像結束了。」

皇甫洛雲跑到劉昶瑾身旁，劉昶瑾回頭對皇甫洛雲說道。

「結束了嗎？」

「應該。」劉昶瑾將目光放到文陸儀和司南斗那邊，又問：「你同事不過來嗎？」

「他唷，」皇甫洛雲望向還在後方慢慢走來的連骰鳴，「他就是那樣，不需要介意。」八成連骰鳴本來就很不爽神使，要他來到有神使在的地方，根本就是要他的命。想當然，面對遇上神使，他那張尖酸刻薄的嘴可能會直接把毒辣指數調到最高。

為了避免不必要的麻煩，連骰鳴應該會秉持著慢慢走，等到神使那邊工作結束，他們自動會離開，在直接過去。

「嗯？她的生死簿還沒有收耶！」皇甫洛雲注意到文陸儀手中的生死簿發出白色光輝，目前都還沒有闔上。「媒介被毀了，這邊的狀況應該會解除吧？」

「嗯……居民的身體被『深淵』關著，一時半刻之間，沒辦法因為生死簿的牽引而快速出來。」

皇甫洛雲聽著劉昶瑾的解釋，目光移到文陸儀身上，他看文陸儀露出緊張神色，思考道，「狀況很不妙嗎？」

「有……一點。」劉昶瑾猶豫說道：「依照持有者的狀況，在這裡耗一個晚上也不見得可以收齊。」

「哼，神使帶出來的人，也是廢人嗎？」連骰鳴剛好走到皇甫洛雲和劉昶瑾所站之處，哼聲道。

「——真的有辦法處理的話，那你可以試試看，冥使。」

猛地，一道突兀的嗓音傳入所有人的耳中，劉昶瑾瞇起眼，看著說出這番話的司南斗。

連殷鳴聞言，眉頭重重挑起，不爽道：「我不介意直接動手。」

左手揚起，手中的槍驀地出現，他的槍口指向司南斗，作勢要朝他開槍。

司北斗見狀，發出嘻笑聲：「司命，他想要攻擊你呀！」

隨即，司北斗抬起手，晃動手上的金色剪刀，做出要準備攻擊的動作。

「北斗，不要惹事。」司南斗橫了司北斗一眼，斥聲道：「陸儀被嚇到了，生死簿抓魂的速度變慢了。」

「哼，如果可以把底下的『殼』打破，收魂的速度會比較快吧？」

「你跟我，不能動手。」司南斗道：「別忘了，是城隍叫我們來幫助陸儀使用生死簿，除了這些，我們都不能做什麼。」

「有人挑釁可以動手嗎？」司北斗勾起唇，怪笑道：「司命，我想要跟冥使打打看，怎麼辦？」

「別惹事生非。」司南斗賞了司北斗眼刀，接著對文陸儀說，「別分心，繼續。」

「好。」

文陸儀緊張點頭，只是收魂速度太慢，她開始懷疑自己到底有沒有將這裡的魂一次收回的能耐。

文陸儀手上的器具——生死簿此時泛著黑與白色的光點。

白與黑的光點並不是淨化與怨氣，而是代表著生與死的色澤。

代表死的黑色光芒一點一點地出現在文陸儀攤開的頁面上，只是光點出現的速度有點緩慢。

「唉。」劉昶瑾嘆氣了，「我不想要花時間在這裡。」

皇甫洛雲聞言，知道劉昶瑾打算動手了。

劉昶瑾抬起左手，手背上的六瓣花印記泛起耀眼白光。

他的腳底下自動浮現出一圈白色光圈，劉昶瑾一個眼神過去，光圈自動變大，擴張到整個社區。

「皇甫。」

「什麼事？」

皇甫洛雲詫異看著那一圈光圈，不懂劉昶瑾是用什麼器具或法術可以用出這樣的效果。

「拿好冥鐮，等會出現的東西要麻煩你消除。」

劉昶瑾吐出慵懶的嗓音，皇甫洛雲還來不及消化劉昶瑾這席話，瞬間，大地震動！司南斗立刻抓住文陸儀的肩膀，讓她站穩，以免她跌倒，解除生死簿的收魂狀態。

土地上，一顆顆黑色的結晶從地底竄起，泛起漆黑的色澤，那道詭異的妖光讓皇甫洛雲身體忍不住顫抖。

結晶是空洞的，沒有任何的聲音，但他可以聞到結晶內充滿腐臭血腥的氣息。

「皇甫，動手！」

皇甫洛雲聞言，邁起腳步，朝結晶所在之處跑去，隨著他的步伐，浮在空中的結晶也一顆顆地斬碎。

連殷鳴沒有上前幫忙，他的目光都是在神使身上，不知怎地，他一直覺得神使有什麼企圖，那是說不出的感覺，他只能選擇觀察。

在皇甫洛雲砍下最後一個結晶，瞬間地上湧出人魂。

司南斗見狀，低喊道：「陸儀，動手！」

文陸儀立刻將左手壓在生死簿上，生死簿綻出耀眼白光，將重獲自由的人魂收起。

當文陸儀收下最後一個魂魄時，她終於鬆了一口氣。

同時，司南斗的手機響起，他暗嘖一聲，接下手機道：「城隍，什麼事。」

司南斗很清楚，這社區的異狀才剛解除，電話什麼的應該還不會這麼快通，若是在這時間搭上線的電話，鐵定不是一般人能打的。

司南斗聽著這通電話，越聽，眼中的眸光越來越深沉，而這時，皇甫洛雲那邊又多了兩名冥使。

那是冥使是事務所柳分部的分部長與副分部長——柳逢時和甄宓。

「分部長、宓姐？」

皇甫洛雲詫異地看著驀地出現的人，事情都結束了，怎麼柳逢時和甄宓會出現在這裡？

「哎呀哎呀，終於趕上了。」柳逢時笑看神使們與文陸儀所在的方向，輕笑說道。

「……柳，都結束了，還說什麼趕上。」

「嗚，我真的趕上了呀！」柳逢時手摸著下巴，嘖嘖說道：「我先要宓兒去地府查點事情果然是對的。」

柳逢時說完，抬起左手，手背上浮現出耀眼的六瓣花印記，手掌一翻，一把通體全黑的黑色長刀驀地浮現。

「劉昶瑾同學你也真是的，不能順手處理一下嗎？」柳逢時拿著長刀，嘻笑說道。

「這是你的任務，自己動手。」劉昶瑾輕描淡寫地說道。

「都已經插手了，不能做全套嗎？」甄宓不悅道，「居然還要柳過來這裡，劉分部長，您還真大牌。」

面對甄宓尖銳的話語，劉昶瑾沒有放在心上，僅是挪移腳步，往後退。

皇甫洛雲不解地看著劉昶瑾的動作，又朝柳逢時看去。

柳逢時深吸一口氣，朝地面用力一劃——

一顆滿是鏽蝕的鈴鐺驀地出現。

「媒介不只一個，就是這樣。」柳逢時勾起唇，冷笑道：「社區結界一個，而底下當然也會有一個。」

埋入地底的深淵也是需要另外一個媒介維持。

柳逢時揮著揮長刀，輕鬆地將鈴鐺消滅。

「收工。」

面對柳逢時那近乎收尾刀的行徑，皇甫洛雲頓時無言以對。

「太順利了一點。」輕輕地，劉昶瑾吐出喃喃音色。

「阿昶，你說什麼？」皇甫洛雲沒有聽清楚，詢問道。

「沒什麼。」劉昶瑾搖頭，然後抬頭道：「兩個媒介都被摧毀了，接下來會是『反噬』

吧？」

此話一出，皇甫洛雲瞠大雙眸，詫異地望向劉昶瑾。

他們忘記了，從一開始，這裡的異狀本身就是「人為」的。

終・未完的任務

怨氣少了依附的對象，怨氣很自然地回到它們的「源頭」。

社區的一處高樓頂樓，一名男子站在上頭觀看著冥使和神使們的動態，他咬牙看著那些回流的怨氣，內心十分不安。

怎麼辦？若是回去了，他一定會被殺掉。

正當他想要脫逃之際，一道嗓音傳入他的耳中。

『冥使，你的目的究竟是為了什麼？』

一道突兀的嗓音傳入男子的耳中，男子內心發出戒備響聲，只是這聲音是直接傳入他的腦海之中，他無法判斷聲音的方向。

他慌亂的左右張望，面對這不妙時刻，他決定先撤退。

『想逃？』

聲音發出呵聲。

然後，他好像聽到了對方給予自己的判決。

『消失吧。』

瞬間，他感覺到自己的魂魄被烈火灼燒一樣的猛烈，他想要放聲慘叫，卻什麼聲音都喊不出來。

他痛得跪地，而他的身下也在這同時浮出一道白色的光圈，然後他與光圈同時消失。

而回流的怨氣也在這同時被一道更加猛烈強大的光芒消退。

僅是一瞬，皇甫洛雲看到白圈降落，光芒消退後，原本光圈所在的地方出現了一個人。

那是身穿黑色長風衣，內襯為淡藍袍裝的男子，他身上的衣著分明就是冥使的服飾，但那人已經昏迷，倒在地上一動也不動。

面對疑似凶手的人驀地出現，所有人滿腦子都是問號。

是誰將人送過來的？

這答案沒有人知道。

而人一出現，劉袓瑾便走向前，目光移到昏迷的冥使身上。

「……抓錯人了。」輕輕地，劉袓瑾發出喟嘆聲，對皇甫洛雲說道：「皇甫，你們自己問他吧！」

既然真凶逃了，再加上這任務本來與他無關，他也該離開了。

只是沒想到，劉袓瑾正要離去，昏迷的男子突然清醒，跳起襲擊！

「阿袓！」

皇甫洛雲正打算衝上去，柳逢時抬手阻止了他。

「分部長！」皇甫洛雲焦急道：「阿袓有危險！」

「噓，別緊張。」柳逢時抬起手，食指抵唇說道。

「皇甫小弟，你同學是分部長階級的人，這點貨色他可以自己處理的，好嗎？」甄宓嘆氣，並調侃道。

「可是！」皇甫洛雲不認為這是階級的問題。

「菜鳥，柳想要看你同學的器具。」

連殷鳴毫不客氣地戳破柳逢時的意圖。

是的，他想要看看劉袓瑾的器具到底是怎樣的東西。

他們看到劉袓瑾抬起右手，右手泛起白光，先是輕巧地推開朝他衝來的冥使左手，用空著的手抓住男子右手，再將他手中的白光用力打入男子的上。

白光沁入自己的身體之中，那人身體一滯，大力掙扎擺脫劉袓瑾的控制，他的雙手抓住自己的喉嚨，嘔出一塊塊的黑色黏稠物體。

那是怨氣。

男子吐出的物體是怨氣。

劉袓瑾見狀，眉頭重重挑起，他這次抬起的是左手，手上的花印記頓時發出光芒，被光芒碰觸到的怨氣自動被這白光侵蝕。

正當劉袓瑾想要再次對男子攻擊時，猛地，一柄黑色鐮刀從上往下掉落。

男子在這瞬間，被黑鐮一分為二，被剖開的身軀噴濺出鮮血，而劉袓瑾也因為這突來的攻勢，眼睜睜地見到男子被殺害，而他的身上也沾染上他的血。

見到那柄熟悉的黑鐮，皇甫洛雲雙瞳霎時瞠大，大喊：「姜仲寒！」

甫一喊出，靠近黑鐮的地方，伸出了一隻手將黑鐮拿起，顯現出自己的樣貌。

那是有著一頭暗紅髮色的青年，皇甫洛雲立刻衝上前，又喊，「仲寒！」

姜仲寒無視皇甫洛雲，收起手中的黑鐮，冷然地瞟了劉袓瑾一眼，隨即轉身，消失不見。

皇甫洛雲見狀，揮動冥鐮立刻去追姜仲寒。

劉昶瑾看著出現又瞬間離去之人，懷抱著莫名的心思，降下眼睫思考著。

「柳，你知道這件事？」看著皇甫洛雲那聲大喊跟毫不考慮地去追殺殺死蕭分部冥使之人，連殷鳴將目光移到柳逢時身上，探問道。

「嗯……我不知道皇甫小弟認識對方呢！」柳逢時嘻笑回應，隨即和甄宓咬耳朵。

柳逢時和甄宓的互動連殷鳴看在眼裡，他瞇起眼，決定不要理會那兩人，以免自己是被氣死的對象。

劉昶瑾看著周圍，揚起左手，召出白光抹除身上沾染的血沫，剛好去追姜仲寒的皇甫洛雲回來了。

「追丟了。」皇甫洛雲失望道，「他不見了。」

「嗯。」劉昶瑾不意外點頭，又道：「皇甫，我先回去了。」

姜仲寒的出現，他還要回去查點東西。

只是劉昶瑾正要離去時，神使那邊傳來令他有些不悅的調侃聲。

「嘖，內鬨結束啦？」司北斗嘖聲，對於這突然結束的好戲感到不滿。

司南斗聞言，對司北斗說道：「北斗，現在這狀況不方便說話。」

「哦。」司北斗聳肩說：「打電話給你的人是誰？」

「城隍。」

「我就知道。」司北斗厭惡說道。

「我們要回去了。」司南斗說：「城隍要我們離開，因為他要開地府大門，要讓陸儀把方才收起的魂一次送到地府。」

「嗄？剛才不是收好了嗎？」司北斗嫌麻煩道：「該不會有什麼漏網之魚吧？」

「那些魂只是被生死簿重新調整，讓他們的生死之環恢復正常，由於人數眾多，城隍打算開鬼門送魂回去。」隨即，司南斗要文陸儀放掉生死簿關押的魂。

「我明白了。」司北斗舉雙手投降，「城隍老大說的算，這樣可以嗎？」

「南斗，我們要回去了？」文陸儀確定魂都放光之後，偏頭問道。

司南斗聞言，抽動嘴角，推了一下文陸儀的肩膀。

文陸儀對司南斗這動作非常不解，想要回頭，但脖子卻被司南斗牽制住，不讓她回頭。

「陸儀。」司南斗小聲地喊了文陸儀一聲。

「嗯？」文陸儀雙眸露出困惑出聲。

「妳跟那個人走。」

司南斗口中的「他」正是劉祖瑾。

「你、你說那個紅衣服的冥使嗎？」

文陸儀有點嚇到，司南斗非常討厭冥使，更別說是推薦她去冥使分部。

「嗯。」

「可以問原因嗎？」面對司南斗這席話，文陸儀小聲說道：「南斗，我們的約定……」

「不要問。」司南斗再將文陸儀往前推，又道：「我沒忘記我們的約定，我只能說，那個人會教會妳更多東西，妳就去吧！」

文陸儀用力嚥下唾沫，想要往前，但她想到身後的司南斗，又不想要往前追去。

「陸儀，妳去追他，跟他說開鬼門這件事吧。」

「南……」

文陸儀聽著司南斗的話語，轉頭想要問原因，但這一轉，卻發現她身後的人消失不見。

司南斗和司北斗一起離開了。

文陸儀雙手握拳，掐得緊緊的，她轉過身，大聲地對劉袒瑾喊道：「那個……等一下！」

才剛走沒幾步路的劉袒瑾，回頭看著文陸儀。

「我、我想要跟你走，可以嗎？」

劉袒瑾看著不知何時消失不見的神使位置，再看一臉快哭出來的文陸儀模樣，大概猜出了一些。

「可以。」

文陸儀聽到劉袒瑾的話語，立刻快步跑過去。

事情尚未正式結束，皇甫洛雲暫時將那些滿是「為什麼」的情緒收起，剛好聽到文陸儀和劉袒瑾的對話，對柳逢時問道：「分部長，怎麼她突然……」

「這嘛，我就不清楚了。」柳逢時笑道。

「柳，底下……」雖然甄宓不想要潑所有人一桶冷水，還是出聲了，她可是親眼看到文陸儀放魂離開，而這些魂的歸途只有一處，即是自己的身體，「魂都回到地下了，晚點那些魂應該是乾淨的飄上來，我們要怎麼處理？」

面對底下如此龐大的數量，依照地府的死個性，現在應該是在開什麼臨時會議，討論派遣誰上來帶走這些陰魂吧？

「我想要回去了，等下面開完會，也要等到天亮吧？」柳逢時聳肩說道，「我們要不要直接開鬼門？」

「鬼門要等凌晨才可以開呀！」甄宓皺眉，抬起手看著手錶時間。

現在才晚上十點多，距離半夜十二點還有一段時間。

只能說，太早工作的缺點，就是如此。

「可以強制打開嗎？」皇甫洛雲聞言，提議道。

「當然不行！」甄宓白了皇甫洛雲一眼道，「你以為開鬼門很簡單嗎？如果時間不對，可是會放鬼出籠，如果放出的都是惡鬼，這對人世會很危險的！」

「抱歉，我不清楚。」皇甫洛雲沒有反駁的情緒，只能先道歉。

劉袓瑾跟文陸儀談話告了一段落，也聽到柳分部的討論，微嘆口氣，對文陸儀說：「妳等我一下。」

「好。」

文陸儀點頭，看劉袓瑾走向皇甫洛雲。

「皇甫，你們可以回去了，這裡交給我處理吧。」

「你要怎麼處理？就算你的權限位置是分部長階級，開鬼門可不是兒戲。」甄宓哼聲說道。

「我有我的方法，無巧不成書嘛！」

文陸儀有提醒劉昶瑾開鬼門，面對這項只對他提點之事，他只能嘆氣。

劉昶瑾抬起左手，手中的花印記泛起了耀眼白光。

他的掌心向上一翻，手上浮現出圓形的光芒，他的手隨意一揮，手中的光芒瞬間散開，包圍住整個社區。

然後，皇甫洛雲的意識在這瞬間中斷，回過神時，此地的人魂早已消失。

「處理完了。」劉昶瑾淡淡地說，完全不顧愣在原地的皇甫洛雲。

「阿昶，你辛苦了。」

皇甫洛雲雖然不清楚發生什麼事，還是下意識地慰問了一下好友。

「不會，我真的要走了。」事情處理完了，劉昶瑾也該走了，饒是如此，劉昶瑾還是提醒柳逢時，「那個人是蕭分部的人，後續交給你處理了。」

劉昶瑾張起唇，想要說這個人他之前來到社區時有見過，但想到之後可能接踵而來的麻煩，他就放棄說了。

「我知道，這交給我處理吧！」柳逢時說到這裡，視線與劉昶瑾對上，笑著問道：「那麼……」

「我會去查。」劉昶瑾像是跟柳逢時達成共識似地，點頭說。

「菜鳥。」連殷鳴抬手拉起皇甫洛雲的衣領，冷冷道：「回去柳分部，把你知道的通通都吐出來。」

蕭分部的冥使被人殺掉，估計蕭安聞那邊也問不出所以然，唯一有的線索大概是有叫出那名紅髮黑衣人名字的皇甫洛雲。

「我、我知道了啦！」皇甫洛雲發出瀕死的嗓音，大聲道：「回去我會說給你們聽！這樣可以嗎？」

連殷鳴聞言，這才哼聲鬆手。

「好了，我先走了。」

劉祖瑾算算時間，他也該回去了，再不回去他的分部部員鐵定要殺了他。

文陸儀聽了劉祖瑾這席話，跟上劉祖瑾的腳步，兩人一起離開。

「我們也回去吧！」柳逢時雙手交擊，笑著對皇甫洛雲道：「皇甫小弟還有很多事要跟我們解釋說明呢！」

「……是。」

想到姜仲寒，皇甫洛雲發出長長的歎息聲。

同時也在問自己，為什麼會變成這樣？

等到社區的冥使們離開後，一道身影猛地竄下，他揚起唇，露出一抹詭譎笑意。

「該說是不意外嗎？真不愧是劉祖瑾，還好我有留一手。」

他揚起手，手上浮出一顆鏽蝕的鈴鐺。

「怨已收成，誰又知道，在這之前，已經完成了一個了呢？」

那人冷笑，而他身後走出一道身影。

天際的月光從夜空落下，映出身後之人的樣貌。

那是有著一頭暗紅髮色的青年，他開口道：「處理完了。」

「接下來，進行下一個計畫。」

他揮手，青年身影頓時消失，然後，那人嗤笑道：

「事在人為呀！」

又有誰知道，現在這一且只是個開場，真正的重頭戲還沒開始呢？

——To be continued

番外・南斗與北斗

「南斗，你什麼時候多了養小女孩的嗜好？」七歲的小男孩吐出不像是既有年齡孩子該用的說話口吻，一臉嫌惡地看著躲在自家哥哥身後的小女孩。

「北斗，她跟我們一樣都是七歲小孩！」司南斗無奈地看著弟弟北斗，又道：「北斗，請你像個七歲小孩該有的樣子好嗎？這樣鄰居會抗議的。」

「抗議啥？」

「裝大人。」

「我本來就是大人！」司北斗反駁道。

他們本來就是天界轉世而成的人，天生就是神使的他們，一靠近各大廟宇，都會莫名地被當地神使抓起來拜。

「但我們現在的身分是『七歲小孩』，煩請北斗你記住。」司南斗說完，抬起手安慰一直躲在他身後瑟瑟發抖的女孩，「陸儀，北斗不是故意的，妳不要理他。」

「……聲音。」文陸儀抖著嗓音說道：「好多好吵的聲音。」

「這女的有病呀！」司北斗聞言，冷聲說道。

「陸儀才剛拿到生死簿，當然會出現不適症狀。」司南斗拍了拍文陸儀的肩膀，細聲說道：「先去我家躲的吧，我先教妳壓抑花印記跟生死簿。」

「嗄？這女的還是冥使？南斗你瘋了嗎？」

司北斗對文陸儀的厭惡又加上了三分。

好吧，算他剛才忙著調侃司南斗，沒注意到文陸儀左手背上發出白色光彩的六瓣花印記。

「北斗，我要文家閉嘴了。」

文陸儀收到生死簿時，司南斗就感覺到生死簿出現的「感覺」，畢竟生死簿還有內含命簿，屬於司命星君的他自然可以感覺到此地出現了生死簿持有者。

在這當下，司南斗便來到了文家，以神使的身分要那些文家人不要將這件事傳出去，他打算自己教導文陸儀使用生死簿。

畢竟以往文家歷代持有者都是由冥界的冥使接管，但他們都是先學會使用生死簿，內存的命簿功用幾乎都沒有使用。

這讓司南斗非常地想要把那些歷代持有者抓去扁一頓，這些人是不知道命簿的功用比生死簿還要好用嗎？

也因為如此，司南斗就衝動地搶下文陸儀，先表示自己的持有權，之後再說。

「所以她是無主冥使？」司北斗偏頭想了一下，擺手說道：「好吧，隨便你了。」

司北斗心知生死簿的重要性，既然沒有冥使知道文陸儀的存在，那這教導的工作也只能如司南斗的意，由他自己親自教導了。

面對這既定的事實，司北斗有些不爽。

為什麼他們兄弟之間會有突然殺出的第三者呀！

但看司南斗開心的模樣，司北斗也只好放棄掙扎。

過了幾年，他們上了高中。

司北斗對於司南斗可以將文陸儀是冥使這一件事隱瞞這麼久，深深覺得他這哥哥挺恐怖的。

「吶，南斗，我不想要玩這遊戲了。」

司北斗向來瞧不起人，雖然他有照著司南斗的意思，扮演著像是該年紀之人應有的樣貌，但他沒想到，司南斗一上高中，反倒直接擺出高傲姿態，這讓他傻眼不已。

「什麼遊戲？」司南斗挑眉問道。

「當凡人的遊戲、當既有年紀之人的遊戲、當照顧冥使的遊戲，南斗，我累了，我不想玩了。」司北斗抓狂說道。

「陸儀沒有分部，她還需要跟著我們一段時間。」

「是跟你吧？」司北斗冷冷回應。

從文陸儀出來開始，司南斗注意的人便多出了一個人。

也不知道什麼時候開始，司南斗一出口，唇中吐出的必定有文陸儀的名字。

司南斗是不知道他自己對這件事有多麼的不爽嗎？

「怎麼了？」司南斗抬起手摸著弟弟的額頭道，「沒發燒呀！」

「我沒發燒，是你病了。」司北斗拿掉司南斗的手，不悅說道。

對他而言司南斗的確病了，他中了人類毒的病。

不對，司北斗悄悄更正，其實司南斗還是很討厭人類，他中的病毒名稱應該叫「文陸儀」，司南斗對文陸儀太過照顧與關心，他已經看不下去了。

套一句凡人常說的一句話，那就是——

你們不要在那邊放閃了，可以快一點去結婚好嗎？

這想法甫一飄過，司南斗立刻將這句話碾去丟掉。

他一點也不想要便宜文陸儀這個小女孩，絕不！

「南斗，我想回去。」司北斗深怕司南斗聽不懂，再一次說道：「我想要回到天界。」

「可是我們的陽壽沒到。」司南斗皺眉說著。

轉世神明跟一般神使不一樣，他們還是要走一般正常凡人既有的壽辰，如果不正常「回歸」，會被自己的頂頭上司罵死的。

「我有別的方法，你不需要擔心。」司北斗冷冷說道：「神明轉世的我們本來就不需要走人間既有的規定，更別說我們的現世父母本來命中不會有我們的存在。就算天界要我們走正常壽辰回去，我們也可以用其他手法讓天界不要過問我們。」

「我擔心陸儀。」

司南斗再一次地強調，而司北斗也明白他這哥哥一旦有所堅持，便不允許有人更改。

「好，我知道你擔心她，那這樣好了，我們約個時間。期限就是你的陸儀的冥使身分被人揭穿，下界要派給她分部為止。等到冥界的人接管她，你就不需要擔心了吧？」

面對司南斗的堅持，司北斗給了自己最後的讓步期限。

他就不相信這樣司南斗也要拒絕！

神使跟冥使本來就是井水不犯河水，就算爾後文陸儀有了分部，司南斗想要插手，那些冥使也不會讓司南斗稱心如意。

「可以。」

司南斗垂下眼簾，答應了弟弟的要求。
「好，南斗你答應我了，那你不可以毀約唷！」
司北斗發出輕輕笑聲，暗自將這句話放在自己的心頭上。
神使，是不能騙人的，一旦答應一定要完成自己的諾言。
所以，他一定要讓司南斗記住自己所說的話。

只是司北斗沒想到，因為自己欠了城隍債，導致意外插入了冥使之事，但依照事後狀況，估計冥使也該會找上文陸儀和司南斗，進而讓文陸儀的身分曝光。
這讓司北斗更加確定，他與司南斗的約定一定可以實現。
他想要快點離開這裡，就算那個城隍說什麼不想要家裡多塞兩個人口也是一樣。
只因為，他想要快點結束這場兒戲，一切僅是因為他們是神使，而文陸儀是冥使。
上下界之人本來就不應該有所牽扯。

自從文陸儀跟著劉袓瑾離開後，皇甫洛雲便也沒有去找文陸儀。
他唯一知道的消息，也是從柳逢時那裡得知文陸儀確定加入劉袓瑾的劉分部信息。
但讓皇甫洛雲意外的，就是只見過一次面、或是兩次的文陸儀居然主動找他，這讓他有些意外。

「阿昶跟我說你在這裡。」文陸儀不減害羞姿態，小聲說著。

「怎麼了？」

聽著文陸儀的說詞，貌似是有什麼重要的事要找他，不然劉昶瑾也不會出賣他的出沒地點。

「南斗他……」

「妳朋友怎麼了？」

皇甫洛雲納悶了一下，他不認識神使，怎麼文陸儀看似要跟他討論神使？

「南斗不見了。」文陸儀頭微低，忍住想要哭的衝動，抖著嗓音說道：「不，就連北斗也是一樣，果然跟我想的一樣，只要我加入冥使那一方，他們就會不見。而且……」

「而且什麼？」

「而且南斗跟北斗的父母都忘記有他們的存在，就連隔天我去學校，也發現學校已經沒有他們的資料，同學們也不記得有他們的存在。」

皇甫洛雲聽完後，當場傻眼以對。

「就因為南斗很幫我？還是因為我已經有分部了呢？」文陸儀發出哭音道，「如果這是原因，我寧願我不要有分部，我只要南斗回來。」

「……可是看那時候的狀況，是那個南斗叫妳去的吧？」皇甫洛雲當時有注意一下文陸儀那邊的狀況，他有看到司南斗推文陸儀往前，「而且，妳跟我說這個做什麼？」

「南斗好像不討厭你跟阿昶，我有先跟阿昶說，然後再找你說一下……」文陸儀的聲音越來越小聲，又道：「我想說，你們可以幫忙找人。」

說到這裡，文陸儀又想哭了。

明明他們三人以前都可以和睦相處，為什麼現在就不行了？

冥使跟神使真的不能有所交集嗎？

看著露出難過神情的文陸儀，皇甫洛雲不知怎地，想起了另外一個人。

那是他心心念念，只希望可以把對方抓回來的對象。

「總有一天還是會見面吧？」皇甫洛雲對文陸儀說，同時也是在說服自己，「只要活著，就會有相見的一天。」

「真的嗎？」文陸儀問。

「嗯，因為我跟妳一樣，也有想要見的人。」皇甫洛雲苦笑說道。

「是那個人嗎？你那邊開始查他了嗎？」

那天過後，劉袓瑾那邊多了一個工作，調查一名名為「姜仲寒」的人，聽劉分部裡面的人有暗示文陸儀假裝不知道這件事，貌似那個人跟劉袓瑾認識。

「是呀，開始查了。」皇甫洛雲回應文陸儀公事，但對於那私人的探問，僅是抽動嘴角當作是回答。

他們都一樣，心底都在想著一個人。

冥使與被怨氣附體之人。

冥使與神使。

雖然想見的對象身分不同，但意義卻是一樣。

他們只能期望著再次見面的機會。
同時也祈望見面時，不會是用敵對的身分見面。

——番外 南斗與北斗 完

後記

大家好，我是餅乾！看完後，不要啃餅乾當作點心唷，這樣我會哭的。

《備位冥使》來到了第二集，也開始進入冥使的正題囉！

皇甫小弟一直以為是詐騙收怨集團，根本沒有什麼的冥使事務所，這次也揭開了冥使事務所的真面目。而皇甫小弟在這一集，終於有所作為，不用當花瓶了。

當然，既然有冥使，當然也有神使，而這次出場的神使角色非常的上餅乾的心（掩面）本餅乾不得不說，本人真的是完全的配角控典範，一遇到喜歡的配角，都會超想手滑，可惜礙於篇幅的關係，只能忍住想要手滑的手。

不忍說，我喜歡這次的神使兄弟，他們超萌的啦啦啦啦啦——（吶喊中）

當然，由於餅乾的故事往往都是陽盛陰衰，所以這一集出現了一名可愛的女性角色，甄宓姐姐的本集戲分也多了一些。（有多嗎？）

偷偷附註一下，文大小姐如同本集狀態，很怕生很可愛，請大家不要嚇到她唷！

另外，關於這集的番外，則是私心想要寫寫這對神使兄弟的事，順道帶出這起「社區」事件過後的一些小事情。

其實本餅乾很少寫番外，因為餅乾常常寫稿寫到字數爆掉，由於冥使們的私底下的趣事非常多，如果有機會，應該會從這一集開始，控制字數，寫寫番外，滿足一下餅乾想要寫其他小支線的慾望。不然就是爆了也要塞番外。

嗚嗚，人家好想要另外在書寶寶底下夾帶薄薄的番外篇本，小番外根本滿足不了我。

（可憐望編輯）

最後，感謝購買或租這本書的讀者大人，餅乾想要看看大家的感想！（被毆死）

DARK櫻薰

以下是餅乾的出沒地點，歡迎大家踏踏留言～
痞克邦部落格（WING★DARK）：http：//wingdark.pixnet.net/blog
噗浪（PLURK）：http：//www.plurk.com/wingdarks
個人粉絲團（DARK櫻薰）：https：//www.facebook.com/wingsdarks

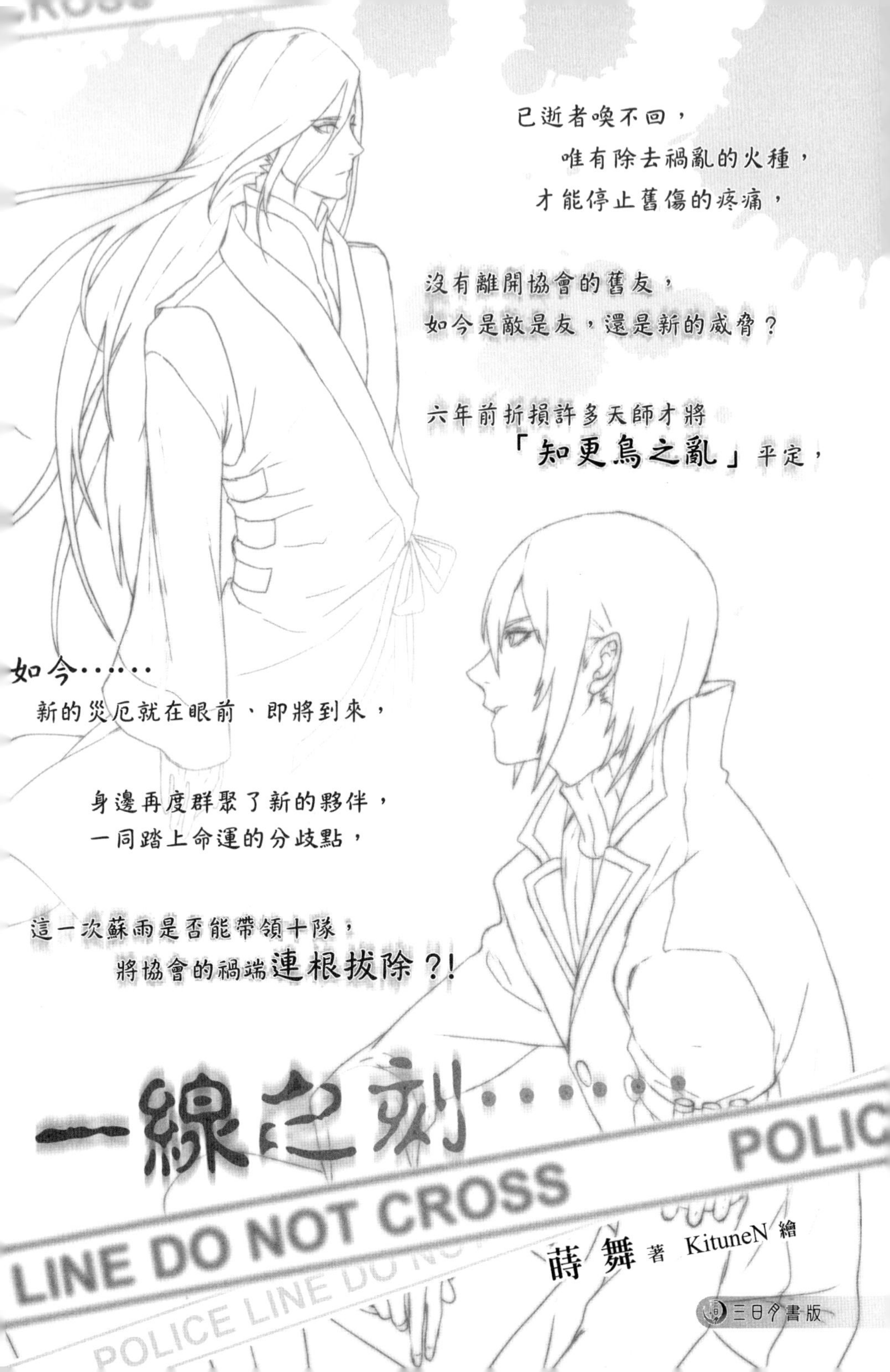
已逝者喚不回，
唯有除去禍亂的火種，
才能停止舊傷的疼痛，
沒有離開協會的舊友，
如今是敵是友，還是新的威脅？
六年前折損許多天師才將
「知更鳥之亂」平定，
如今……
新的災厄就在眼前、即將到來，
身邊再度群聚了新的夥伴，
一同踏上命運的分歧點，
這一次蘇雨是否能帶領十隊，
將協會的禍端連根拔除？!
一線之刻……
POLICE LINE DO NOT CROSS
蒔舞 著 KituneN 繪
三日月書版

NE DO NOT CROSS
POLICE LINE DO
從前被深埋的禍因，如今願與不願……
都要接受必定會到來的後果！
特偵X
——最終章，真夏衝擊登場！
十隊，命懸

高寶書版集團
gobooks.com.tw

輕世代 FW044
備位冥使02生死重現

作　　者　DARK櫻薰
繪　　者　LASI
編　　輯　許佳文
校　　對　王藝婷、張心怡、賴思妤
美術編輯　陸聖欣
排　　版　彭立瑋
出　　版　英屬維京群島商高寶國際有限公司臺灣分公司
　　　　　Global Group Holdings，Ltd.
地　　址　臺北市內湖區洲子街88號3樓
網　　址　gobooks.com.tw
電　　話　(02) 27992788
電　　郵　readers@gobooks.com.tw（讀者服務部）
　　　　　pr@gobooks.com.tw（公關諮詢部）
傳　　真　出版部　(02) 27990909　行銷部 (02) 27993088
郵政劃撥　19394552
戶　　名　英屬維京群島商高寶國際有限公司臺灣分公司
發　　行　希代多媒體書版股份有限公司/Printed in Taiwan
初版日期　2013年9月

國家圖書館出版品預行編目(CIP)資料

備位冥使. 2, 生死重現 / DARK櫻薰著. -- 初版.
-- 臺北市：高寶國際，2013.09-
冊；公分. --
ISBN 978-986-185-884-5(平裝). --

857.7　　　　102012798

三日月

三日月